Omslag & Binnenwerk: Buronazessen© - concept & vormgeving

Drukwerk:                 Grafistar, Lichtenvoorde

ISBN 978-90-8660-183-7

© 2012 Uitgeverij Ellessy
Postbus 30227
6803 AE Arnhem
www.ellessy.nl

# Suzanne Peters

# Zoektocht
## naar het
# verleden

LIEFDESROMAN

ELLESSY RELAX

# Proloog

"Wauw, Diane, dit is vast je beste werk tot nu toe!" riep haar zus Ilona uit. Ze stond voor het schilderij met open mond.

Ook Diane's beste vriendin, Kimberly, leek diep onder de indruk te zijn. "Het ziet er zo realistisch uit!"

Diane glimlachte. "Dat valt best mee," zei ze. "En ik moet het nog maar zien te verkopen." Ze keek aarzelend naar het schilderij. "Ik heb wat fouten gemaakt."

"Die zie ik niet," zei Ilona.

Diane wees naar de boom. "De kleuren kloppen niet," zei ze. "En de…"

"Hou toch op," onderbrak haar zus haar. "Je stelt je aan. Er is niks mis met je schilderij, het is prachtig."

Diane had haar eigen atelier en het ging best goed, maar ze wist dat ze nog steeds veel te onzeker was over haar werk. Altijd weer vroeg ze zich af of haar schilderijen wel mooi genoeg waren.

"Je moet niet zo aan jezelf twijfelen," zei Kimberly. "Ik snap nooit waarom je dat doet. Er is toch niets mis met je werk?"

"Het heeft met vroeger te maken," antwoordde Diane. Ze dacht terug aan die vreselijke tijd. Dat deed ze vaker en ze kon het niet echt loslaten.

"Diane, dat is vijftien jaar geleden gebeurd," sprak Ilona haar streng toe. "Je moet het nu eens loslaten."

Diane slikte. "Dat is makkelijker gezegd dan gedaan," zei ze.

"Ik begrijp het best," zei haar zus. "Er is veel gebeurd en dat moet je allemaal verwerken. Soms zou het misschien makkelijker zijn als je terug kon gaan om ze eens goed de waarheid te vertellen."

Diane reageerde niet. Ze had het zich al vaak voorgesteld. Hoe zou het zijn als ze terugging naar het dorp op de Veluwe en haar verleden weer onder ogen kwam? Zou het problemen oplossen?

Misschien kon Diane haar onzekerheid daardoor beter onder controle houden. Ze was niet alleen onzeker over haar schilderijen, maar ook over haar liefdesleven. Ze had nu al een hele tijd geen vriend meer gehad: omdat ze het niet durfde. Bang om opmerkingen te krijgen, bang om opnieuw gekwetst te worden en enorme pijn te voelen. Mensen kon je niet vertrouwen en ze was dan ook altijd op haar hoede.

"Als je terug zou kunnen, dan kon je hen vertellen hoe je het ervaren hebt. Zo kun je je verleden achter je laten," ging Ilona verder.

Inderdaad, dacht Diane. Misschien moest ze zoiets een keer ondernemen. Ze zag dat Kimberly vragend naar de twee zussen keek. Ze had geen idee wat er aan de hand was en waar ze het over hadden. Voor Diane was dat normaal: ze vertelde eigenlijk nooit over vroeger. Misschien was het tijd om daar verandering in te brengen en haar verhaal te doen aan de mensen die haar vroeger zoveel pijn hadden bezorgd.

# 1

Diane pakte de koffer uit haar auto. Ook de weekendtas en de schildersezel nam ze mee. Onhandig liep ze het hotel in. Waarom had ze ook zoveel meegenomen? Dat was toch nergens voor nodig? Ze had haar omgeving verteld dat ze zou gaan schilderen op de Veluwe. Waar ze precies heen ging wist niemand. Dat leek haar ook beter. Niemand hoefde te weten wat ze echt van plan was. Dit was iets wat ze zelf moest doen. Dankzij haar zus Ilona had ze de stap gemaakt, al wist ook zij niet wat Diane werkelijk ging doen.

Gelukkig had het hotel een automatische schuifdeur, want met alle bagage die ze bij zich had, kon ze onmogelijk ook nog een deur openen.

Ze liep rechtstreeks naar de receptie en haar adem stokte in haar keel toen ze zag wie de receptioniste was. Sally. De naam was in Diane's geheugen gegrift. En nu stond ze voor haar, met een brede glimlach op het gezicht.

"Goedemiddag. Waar kan ik u mee helpen?" vroeg Sally.

Diane aarzelde. Ze kon nu nog terug. Terug naar huis en deze hele 'missie' vergeten. Toch bleef ze staan. Ze was hier met een reden. Daarom zei ze rustig: "Ik heb een kamer gereserveerd."

"Wat is uw achternaam?"

"Gemert."

Sally typte wat in de computer. Het leek erop alsof ze Diane niet herkende, maar het kon ook vast een toneelspelletje zijn. De achternaam alleen had al een lichtje moeten doen branden, toch zei ze verder niets.

"U blijft hier een week, zie ik," glimlachte de receptioniste.

"Inderdaad. Maar misschien ook langer. Dat heb ik aangegeven bij de reservering."

Sally knikte. "Wat heeft u hier zo lang te zoeken?"

Diane keek haar onderzoekend aan. Ze had willen roepen: 'Ik zoek jou, en de rest!' Toch hield ze haar mond. Het was nu nog geen tijd voor de confrontatie. Het was verstandiger als zich inhield. "Ik kom hier schilderen," zei ze. Nu pas leek de receptioniste de schildersezel op te merken. "Wat leuk," zei ze. "De omgeving is hier prachtig. U zult vast mooie schilderijen maken tijdens uw verblijf hier."

Diane keek wat ongemakkelijk om zich heen. Ze had helemaal geen zin in een gezellig praatje.

"U heeft kamer vijftien. Dat is daar de gang door en de trap op naar de eerste verdieping." Ze overhandigde de sleutel.

Diane maakte al aanstalten om weg te lopen, maar Sally hield haar tegen. "U heeft erg veel spullen mee. Ik help u wel met dragen."

"O, dat hoeft niet."

Sally leek niet te luisteren, ze was al achter de receptie vandaan gekomen en had de koffer bij het handvat vast. Diane zuchtte. Dit werd helemaal niets! Met lood in haar schoenen liep ze achter de receptioniste aan. Toen ze de gang doorliepen voelde ze zich alleen maar ongemakkelijker. Wat als Sally zich opeens zou omdraaien en zou zeggen dat ze haar herkende? Dat Diane het lef niet had om terug te komen. Er gebeurde echter niets. In plaats daarvan wees Sally netjes aan waar haar hotelkamer was. Diane liep naar binnen en bedankte de receptioniste. Ze legde haar weekendtas neer en zette de schildersezel bij het raam. Ze nam de koffer aan van Sally en groette haar vriendelijk.

Toen de deur dicht was keek Diane ongemakkelijk om zich heen. Ze begon alleen maar meer te twijfelen. Waar was ze toch aan begonnen? Waarom was ze teruggekomen naar dit dorpje op de Veluwe. Ze had hier toch zeker niets te zoeken? Haar eigen woonplaats, in de Randstad, daar voelde ze zich thuis.

Ze vroeg zich af wat Sally nu zou doen. Zou ze alle vrienden bellen en vertellen wie weer in het dorp was? Of had ze Diane echt niet herkend? Het leek onwaarschijnlijk. Diane liep naar de badkamer en bekeek zichzelf in de spiegel. Goed, ze had ondertussen een beugel gehad en haar tanden stonden weer mooi recht. Ook had ze geen lang blond haar meer, maar juist kort en donker. Maar verder was ze toch niet zoveel veranderd dat ze onherkenbaar was?

Ze hield haar polsen onder het koude water van de kraan. Ze was erg in de war door deze gebeurtenis. Dat ze Sally zou zien, was wel de bedoeling, maar zo snel? Nee, daar had ze geen rekening mee gehouden.

Diane liep terug naar de kamer zelf en maakte haar weekendtas open. Ze had er wat schildersdoeken in, verf, kwasten, een schetsboek en vernis. Alles om aan de slag te gaan hier in de buurt. Het belangrijkste lag echter onder in de weekendtas. Een schrijfblok. Ze opende het schrijfblok en paste de eerste pagina aan:

*Sally Grootjans – receptioniste in het hotel*


*Ellen Bouwman*

*Iris van Gelder*

*Jeroen de Bree*

*Jesse Eggen*

*Randy Brown*

Diane zuchtte diep. Dit was het begin van een lange zoektocht. Ze vroeg zich af of ze alle namen van het lijstje kon vinden. Misschien woonden ze niet allemaal meer hier in het dorp. Die kans was best groot. Voor de zoveelste keer vroeg ze zich af waar ze aan was begonnen.

Ze had er sowieso al twee uur over gedaan om hier te komen. Nu was ze eigenlijk wel toe aan een hapje en wat te drinken. Ze had eigenlijk in het hotel willen eten, maar nu ze wist dat Sally hier werkte had ze daar geen zin in. Zou het restaurant aan de bosrand er nog zijn? Ze besloot om te gaan kijken, al wist ze dat ze ook hier vreemde verrassingen tegen kon komen.

Bij het verlaten van het hotel keek Diane niet naar Sally. In plaats daarvan keek ze strak voor zich uit en liep zo snel mogelijk weg. Ze wist de weg in het dorp nog best goed, ontdekte ze. Het was er niet veel veranderd, al had ze wel al gezien dat er een hele nieuwe buurt bij was gekomen. Ook waren sommige huizen weg, of vernieuwd. Het restaurant aan de rand van het bos bleek er wel te zijn. Met trillende benen liep Diane het terras op. Het was zonnig weer.

"Kan ik u helpen?"

Gelukkig, dit was geen bekende. Niemand van de lijst. "Ik zou graag wat willen eten," antwoordde Diane. Ze kreeg een tafel aangewezen en niet veel later had ze de menukaart voor zich. Ze voelde de blikken van de mensen die ook op het terras zaten op zich gericht. Blijkbaar was het erg vreemd om alleen wat te gaan eten. Ze negeerde de mensen en koos een broodje gezond uit met een kop thee. Haar schrijfblok had ze meegenomen. Behalve de eerste pagina, was het helemaal leeg. Ze had nog helemaal geen plan van aanpak. Wat moest ze doen? Hoe zou ze alles aanpakken? Daar had ze nog niet over nagedacht, maar nu ze Sally had gezien, was het verstandig toch iets te bedenken. Moest ze iedereen in één keer zien te treffen of was het verstandiger ze apart te spreken? Als ze hen apart zou zien, dan zouden ze elkaar onderling vast bellen. Was dat wat ze wilde? Maar aan de andere kant wist ze helemaal niet of ze iedereen wel kon vinden. De kans was natuurlijk wel aanwezig dat mensen waren verhuisd.

Waarom had ze niet beter nagedacht over dit plan? Er waren sowieso verschillende dingen die moest doen. Daarom opende ze haar schrijfblok. Op de tweede pagina schreef ze:

*Stappenplan*
1. *Uitzoeken waar iedereen woont (internet, op school informeren)*
2. *De confrontatie aangaan*
3. *Randy als laatste opzoeken*

Verder kwam ze niet. Dit was hopeloos. Waarom was ze zo halsoverkop hierheen gekomen? Zonder plan? Ze had zelfs niemand uit haar omgeving verteld wat ze ging doen.

Haar broodje werd gebracht en Diane bedankte vriendelijk. Ze nam een hap. Heerlijk! Het was nog net zo lekker als vroeger!

Na het eten liep ze door het dorp. Het was leuk om te zien hoeveel er hetzelfde was gebleven. Talloze herinneringen kwamen naar boven. Zoals de ijssalon, waar ze een paar keer met Randy was geweest. Of de laan, waar in de lente de krokussen uit de grond kwamen. Het was heerlijk om deze plekken te zien, maar er waren helaas ook veel pijnlijke herinneringen. Het werd tijd om iets te doen aan die vervelende herinneringen. Dat was ook de reden dat ze hier was. Door haar verleden onder ogen te komen, kon ze er meer vrede mee hebben. En daar was ze ondertussen echt aan toe.

Ze besloot terug te gaan naar het hotel. Hopelijk kwam ze Sally niet weer tegen. Ze kreeg er koude rillingen van. Gelukkig was Sally niet in de buurt toen Diane het hotel in kwam. Snel ging ze naar haar hotelkamer en haalde diep adem. Gemakkelijk zou het niet worden, dat wist ze nu al.

## 2. Vijftien jaar geleden

*5 september*

De eerste schooldag op de middelbare school. Diane was er helemaal klaar voor. Ze zag het zitten om haar klasgenoten te leren kennen en een heel nieuw avontuur tegemoet te treden. De eerste dag was een dag zonder lessen, maar een programma om elkaar beter te leren kennen. Ze zouden gaan kanovaren en de zon scheen heerlijk. Ideaal voor een tocht op het water.

De groepen voor de kano's werden samengesteld door de leraren. Iedereen kwam bij mensen in een kano die ze niet kenden. Diane kende helemaal niemand op de school, dus ze vond het een leuke manier om haar klasgenoten te leren kennen. Ze kwam in een kano met Sally, Iris en Jeroen. Het leken haar aardige kinderen en ze merkte meteen al dat Sally een enorme kletskous was.

"Ik heb al eens eerder in een kano gezeten," vertelde ze. "Ik was er best goed in, dus laat mij maar de stuurman zijn."

"Stuurvrouw dus," vulde Iris aan.

"Inderdaad! Stuurvrouw." Sally lachte. "Ik vind het echt zo leuk dat we gaan kanoën. Heerlijk."

"Praat je altijd zo veel?" vroeg Jeroen verveeld.

Diane keek naar hem en lachte. Hij zei precies wat zij dacht.

"Ik praat normaal nog meer, pas maar op!" Sally hield zijn schouder lachend vast.

"Meiden," zuchtte Jeroen en hij rolde met zijn ogen. "Waarom moet uitgerekend ik met drie meiden in één boot zitten. Dat kan toch nooit goed gaan?"

"De meeste jongens zouden stikjaloers zijn!" lachte Sally. "Stel je toch niet aan."

Ze waren aan de beurt om de kano in te stappen. Toen Diane instapte wiebelde de kano gevaarlijk. Jeroen pakte haar vast om te voorkomen dat ze in het water vielen. "Pas je wel even op? Ik wil mijn kleren graag droog houden."

Diane ging snel zitten. "Sorry," zei ze.

"Zeker nooit in een boot gezeten," mompelde Sally.

"Nou…ik…"

"Mijn oom zegt dat je precies kunt zien wie niet kunnen varen. Ze hebben geen evenwicht," ging Sally verder. "Ik weet ook niet of het wel zo verstandig is dat je voorin zit. Misschien kun je beter op de eerste of tweede zitplek gaan."

Diane rolde met haar ogen, maar dat kon Sally natuurlijk niet zien. "Ik zit hier prima," zei ze.

"Trouwens, de kano zal vast omgaan als we nu allemaal gaan switchen van plek," zei Jeroen.

"Dan moeten we straks maar halverwege stoppen en dan omwisselen."

Diane vond Sally betweterig. Waarom deed ze net alsof ze nooit in een kano had gezeten? Diane had regelmatig gevaren. Ze wist echt wel hoe het moest! Zij was tenminste niet zo stom om een kano een boot te noemen, zoals Sally wel had gedaan.

"Laten we maar gaan!" stelde Iris voor.

Ze begonnen te peddelen. Sally riep de hele tijd hoe ze moesten peddelen, maar echt goed ging het niet. De kano maakte telkens allerlei vreemde bochten.

"Luister dan ook wat ik zeg!" riep Sally na een tijdje. "Als we niet allemaal hetzelfde doen, dan wordt het niks."

"Misschien moeten we…" probeerde Diane.

"Hou op, ik weet prima hoe het werkt."

"Wat een kort lontje, zeg," zei Iris. "We kunnen toch ook gewoon genieten van het weer?" Iris trok haar topje uit. Ze had haar bikini onder haar topje aan en leunde een beetje achterover. Jeroen trok een vies gezicht. "Nog verder naar achter en je zit bij me op schoot."

"Alsof je dat erg vindt!" riep Sally uit.

"Laten we zo even aan wal gaan," stelde Jeroen voor. "We moeten onze krachten verdelen en ik moet plassen."

Iris giechelde. "Gatver," zei ze.

"Jij pist zeker rozenblaadjes."

"Zeker!"

Ze zochten een plekje uit waar ze aan wal konden. Het was een weiland, met aan de zijkant wat struiken. Diane stond als laatste op en op het moment dat Iris van de kano sprong, schommelde het geval weer gevaarlijk.

"Zie je nou," zei Sally. "Je bent een ramp, Diane."

Diane keek Sally stomverbaasd aan. Waar sloeg dit op? Ze stond met haar mond vol tanden en wist niet hoe ze moest reageren. Het was toch overduidelijk dat het door Iris kwam?

Jeroen rende naar een bosje en Iris ging aan de waterkant zitten, met haar voeten in het water. "Ik ga mooi bruin worden vandaag. Mijn vriendinnen zullen zo jaloers zijn!"

Diane hield de kano vast, aangezien niemand zich daar druk om leek te maken.

Sally liep naar haar. "Vermaak je je een beetje?" vroeg ze.

"Jawel…"

"Ik wil je wel even waarschuwen," siste Sally. "Ik zag je wel kijken naar Jeroen, maar hij is voor mij."

"Je mag hem hebben," antwoordde Diane. Ze vond Jeroen niet echt aantrekkelijk. Trouwens: ze was helemaal niet met jongens bezig.

"Dat weet ik wel zeker, ja," zei Sally. "Jij bent toch te lelijk voor hem, met die paardenbek van je." Daarna draaide ze zich om en liep naar Iris. Ze giechelde wat met haar, maar Diane kon niet verstaan wat ze zeiden. Paardenbek? Ze was te verbaasd. Waarom deed Sally zo?

Jeroen kwam weer terug. "Dat lucht op!" zei hij overdreven. "Zullen we verdergaan?"

"Ik wil wel de indeling van de kano veranderen," zei Sally. "Diane is het niet gewend om op het water te zijn, dat vertelde ze me net."

"Wat?" Diane voelde zich heel vreemd. Waar was die griet mee bezig?

"Het lijkt me beter als Diane voor me komt te zitten," ging Sally onverstoorbaar verder. "Dan kan ik haar een beetje helpen."

"Ik vind het best," zei Jeroen.

Diane snapte er helemaal niets meer van. Als Sally Jeroen wilde hebben, waarom wilde ze dan dat Diane voor haar kwam zitten? Zonder er echt op in te gaan deed ze wat haar gevraagd werd. Wat maakte het uit waar je zat in de kano? Ze vond het een beetje onzinnig.

Het kanoën ging daarna al een stuk beter. Sally riep enthousiast dat het een goede zet was om van plek te wisselen. Diane dacht eerder dat het kwam, omdat ze allemaal de slag beter te pakken hadden. Toch hield ze wijselijk haar mond. Ze had het idee dat ze meteen tegenspraak kreeg als ze iets zei. En als Sally zo goed wist hoe het moest, dan wilde Diane haar best in die waan laten.

Na de kanotocht stond de hele klas weer bij elkaar. Diane had weinig meer gezegd tijdens de kanotocht. Trouwens: die kans kreeg ze niet eens. Elke keer wanneer ze iets wilde zeggen, begon Sally weer. Iris en Jeroen hadden wel veel gepraat. Sally en Iris leken het zelfs erg goed met elkaar te kunnen vinden. Ze hadden gesprekken over bekende acteurs, die zo vreselijk knap waren. Diane vond het niet echt interessant. Jeroen had de halve tocht vooral geklaagd dat hij alleen was met drie meiden. Vooral wanneer het over echte meisjesdingen ging, liet hij zijn klachten duidelijk horen.

Er stonden nu overal groepjes. Diane voelde zich wat ongemakkelijk. Ze had niet echt trek om bij Sally en Iris te gaan staan en Jeroen zag ze ook niet echt zitten. Verder kende ze niemand.

Sally had natuurlijk weer het hoogste woord in het groepje waar ze stond. Ze vertelde hoe goed het kanoën ging, dankzij haar instructies. En Iris bevestigde dat natuurlijk.

"We hadden alleen één nadeel in de boot," zei Sally nu.

Diane spitste haar oren. Ze had al zo'n vermoeden wat er zou komen.

"Dat was Paardenbek daar."

Het deed pijn. Diane voelde zich ongemakkelijk en liep een beetje weg, deed alsof ze het niet hoorde. De reacties van de rest hoorde ze echter wel. Er werd gelachen. Iemand zei: "Paardenbek, dat is een goede!"

Diane zuchtte diep. Ze wist best dat haar tanden niet helemaal recht waren, maar dat er zo gereageerd zou worden, dat had ze nooit verwacht. Deze eerste dag was heel anders dan ze zich had voorgesteld.

## 6 *september*

De eerste echte les die Diane op school had was gymnastiek. Ze deden een partij trefbal en Diane bleef lang in het veld staan. Ze wist zelfs twee jongens af te gooien. Eén van hen was Jeroen. Sally had beledigd naar haar gekeken toen ze Jeroen afgooide, maar Diane negeerde het. Na de gymles liep ze terug naar de kleedkamer.

"Waarom heb je Jeroen niet wat langer laten spelen?" vroeg Sally haar.

"Jeroen!" Iris grijnsde. "Hij is leuk, hè?"

Diane rolde met haar ogen. Wat een gedoe zeg.

"Jeroen, is dat die jongen waar jullie bij in de kano zaten?" vroeg een meisje, haar naam was Ellen. Ze had op dezelfde basisschool gezeten als Iris. Diane had de indruk dat het hartsvriendinnen waren.

"Inderdaad," zei Iris.

"Hij is inderdaad leuk!"

"Diane gooide hem af," zei Sally. "Dat deed ze zelfs in het begin van het potje. Ze had best kunnen wachten tot het einde."

"Ach, dat is toch het spel?" vroeg Ellen. "Ons team heeft wel gewonnen, mede dankzij Diane."

Diane trok haar sportbroek uit en boog voorover om haar spijkerbroek te pakken.

"Gatverdamme!" riep Sally uit. "Moet je dat zien!"

Diane keek verbaasd op. Ze verwachtte dat er ergens een spin zat. In plaats daarvan wees Sally naar haar.

"Wat was er?" vroeg Ellen verbaasd.

"Moet je kijken!"

Ellen en Iris kwamen bij Sally staan. Diane draaide zich verbaasd om. Sally liep naar Diane en pakte haar bij haar schouders. "Blijf nou even staan, anders zien ze het niet." Met een stevige duw, duwde ze Diane weer naar voren. "Zie je dat! Ze is doorgelekt!"

"Hè bah!" riep Iris uit.

Diane begreep er helemaal niets van. Wat was er aan de hand.

"Heeft je moeder je nooit geleerd dat je maandverband of tampons moet gebruiken?" zei Sally. "Dit is smerig!"

"Inderdaad, iedereen weet dat toch wel!"

Diane begon het nu te begrijpen. Ze was voor het eerst ongesteld geworden, waarschijnlijk tijdens de gymles. Ze had wel wat gevoeld, maar gedacht dat het zweet was. Haar wangen kleurden rood. Hoe had dit kunnen gebeuren? "Ik…" stamelde ze.

"Paardenbek is doorgelekt," lachte Sally.

Ook de andere meiden begonnen te lachen. Diane voelde alle blikken op zich gericht. Ze moest snel iets doen! Ze rende naar de toiletten en deed de deur op slot. Vanuit de kleedkamer hoorde ze nog steeds gelach. Was er hier geen maandverband? Ze had wel eens gehoord dat je het op veel middelbare scholen in de toiletruimtes kon vinden, maar hier was dat duidelijk niet het geval. Dan maar wat wc-papier, want ze had zelf ook niets bij zich.

Ze was inderdaad ongesteld en er zat een flinke rode plek in haar ondergoed. Waarom had ze uitgerekend vandaag wit ondergoed aan? Als ze iets zwarts aan had gehad, was het waarschijnlijk veel minder opgevallen. Ze pakte een flik stuk toiletpapier en stopte dit in haar slipje. Nu durfde ze haar klasgenoten echt niet te vragen of ze maandverband bij zich hadden. Ze had zichzelf al zo vreselijk voor schut gezet en ze wist nu al dat ze opnieuw uitgelachen werd wanneer ze er zelf over begon.

Ze hoorde de meiden weglopen, terwijl ze nog steeds lachten. Diane ging snel weer terug naar de kleedkamer. Ze trok haar kleren aan, spoot wat deo op en keek even in de spiegel. Op haar spijkerbroek was niets te zien. Hopelijk zou dat de hele dag zo blijven. Ze moest maar geregeld naar het toilet om het papier te verwisselen. Waarom had ze er niet bij stilgestaan dat ze ongesteld kon worden? Ze wist toch wel dat die eerste keer niet lang meer zou duren?

Met lood in de schoenen liep Diane de kleedkamer uit. Iets verderop stond een aantal klasgenoten.

"Kijk!" riep Sally. "Daar heb je haar. Paardenbek lekt door!"

Het hele groepje begon te lachen. Er waren ook jongens bij en Diane schaamde zich dood. Het zou niet lang duren tot de hele klas het hoorde. Misschien zelfs wel de hele school.

"Paardenbek lekt door," werd er door andere mensen in het groepje herhaald. Jeroen wees lachend naar haar en sloeg daarbij een jongen naast hem op de schouder. Diane geloofde dat hij Jesse heette, maar echt zeker wist ze het niet. Het maakte haar eigenlijk niet uit hoe hij heette. Ze was nog nooit eerder zo vernederd en ze voelde zich vreselijk. Ze kon wel door de grond zakken van schaamte. Waarom moest iedereen horen wat er was gebeurd? Ze kon er toch zeker ook niks aan doen? Ze wist ook absoluut niet hoe ze moest reageren. Trouwens, ze durfde ook niet te reageren, dat maakte het waarschijnlijk alleen maar erger.

# 3

Diane ging terug naar het hotel. Ze dacht onderweg aan vijftien jaar geleden. Al vanaf de eerste schooldag was ze het mikpunt geweest van talloze pesterijen. Vooral Sally, Iris, Ellen, Jeroen en Jesse moesten haar altijd hebben. Diane wist nog goed hoe onzeker ze was, iedere keer wanneer ze ongesteld was. Ze had het dikste maandverband gekocht en zorgde dat ze het altijd bij zich had, om te voorkomen dat ze zou doorlekken.

Nu was het tijd om de vijf pestkoppen onder ogen te komen. Om te laten weten wat ze haar destijds hadden aangedaan. Diane wilde dat ze begrepen hoeveel pijn het haar had gedaan. Ze verwachtte eigenlijk niet heel veel van de confrontatie, maar het was nodig. Ze wilde haar verleden onder ogen komen en eindelijk een periode af kunnen sluiten waar ze al zo lang mee zat.

Ja, Diane had het best goed gedaan in haar leven. Haar kunstwerken werden goed verkocht en ze had haar eigen atelier in Amsterdam. Maar echt gelukkig was ze al die jaren niet geweest. Ze had het gevoel alsof ze altijd op haar tenen moest lopen, bang om commentaar te krijgen. Dat moest eens afgelopen zijn en daarom had ze besloten om terug te gaan naar haar oude woonplaats.

Nu was het tijd. En hoewel Diane dit al geregeld had overdacht, was het toch heel vreemd om er werkelijk te zijn. Ze had ook niet verwacht zo snel oog in oog te staan met een van de pestkoppen. Sally… Diane had haar gehaat. Zij was degene die de pesterijen was begonnen.

Toen Diane de deur opendeed van het hotel, zag ze Sally opnieuw. Ze haalde diep adem terwijl ze op haar oud-klasgenoot afliep. "Hebben jullie hier ook een internetcomputer?" vroeg ze. Sally glimlachte vriendelijk. "Natuurlijk. U moet daar de gang door." Ze wees de gang aan. "Het internet is gratis."

"Bedankt." Diane liep naar de gang. Er stond inderdaad een computer. Ergens verwachtte ze dat er nu een deur dicht zou worden gegooid en dat Sally haar lachend zou uitschelden voor paardenbek. Dat gebeurde echter niet.

Diane besloot te kijken of ze de gegevens van haar oud-klasgenoten kon vinden. Misschien kon ze grappige dingen te weten komen over hen. Wanneer zij haar zouden opzoeken, kwamen ze alles te weten over haar carrière als kunstenares. Ze had namelijk een website over haar schilderijen. Wie weet hadden haar oude klasgenoten ook zulke sites.

Ze zocht eerst op Sally, maar er kwam niets naar voren. Ook bij Jeroen, Iris en Ellen vond ze niets. Daarna probeerde ze Jesse. Hij had blijkbaar een prijs gewonnen tijdens een quiz op televisie. De laatste naam was het moeilijkste om in te typen in de zoekmachine. Randy Brown. Wat was er van hem geworden? Langzaam typte ze de naam in en wachtte even tot ze op enter drukte. Wilde ze het wel weten? Toch zocht ze hem op.

Hij bleek een schildersbedrijf te hebben in het dorp. Grappig, vond Diane. Zij schilderde ook. Wel op een andere manier: Randy schilderde huizen, kozijnen en deuren. Zij maakte kunstwerken. Toch was het leuk om te zien dat ze ongeveer hetzelfde deden.

Er stond geen foto van Randy op de website. Wel een adres. Hij had een eigen bedrijf, begreep ze, dus waarschijnlijk was het zijn huisadres.

Ze schreef het adres op, maar wist nu al dat ze er verder nog niets mee zou doen. Ze wilde het bezoek aan Randy uitstellen, tot het moment waarop de confrontatie met haar andere klasgenoten tegenviel. Ze wist zeker dat hij het geweldig vond haar weer een keer te zien.

Daarna zocht ze of ze iets kon vinden op Facebook en Hyves. Sally had ze redelijk snel gevonden. Volgens haar Facebookpagina was ze vrijgezel. Tussen haar vrienden kon Diane geen oude klasgenoten vinden. Was dat een goed teken? Of had het niets te betekenen?

Ook Ellen had een pagina op Facebook. Helaas had ze alles afgeschermd staan, waardoor Diane niets nieuws kon ontdekken. Dit schoot dus helemaal niets op. Wat moest ze nu doen? Ze zuchtte diep en sloot het internet af. Er was in ieder geval één iemand met wie ze de confrontatie aan kon gaan, maar ze wilde alle vijf de pestkoppen vinden.

Diane besloot om morgen langs haar oude school te gaan. Misschien kon ze daar wat meer vinden. Ze stond op en liep terug door de gang.

"Is het gelukt?" vroeg Sally haar enthousiast.

Diane rolde met haar ogen. Hoe kon ze deze baan gekregen hebben? Lang niet alle gasten waren ervan gediend om telkens praatjes aan te gaan. Of deed ze dit alleen bij haar, omdat ze maar al te goed wist wie ze was?

"Ja hoor, het is gelukt."

"Fijn."

Diane reageerde niet meer. Ze liep terug naar haar hotelkamer, diep in gedachten verzonken. Morgen zou ze eens met haar oude school bellen, om te vragen of ze langs kon komen. Eens kijken of ze daar informatie kon krijgen over haar oude klasgenoten.

De volgende dag had Diane best een ontspannen ochtend gehad. Ze had eerst gebeld naar haar oude school en ze mocht deze middag al langskomen. De directeur, John Havens, wist nog wel wie ze was en vond het erg leuk om haar weer een keer te zien. Om de tijd te doden was Diane naar het bos gegaan met haar schildersezel. Ze had een prachtige boom gevonden, met struiken erachter waar kleine besjes in hingen. Het moest gewoon vastgelegd worden op het doek en ze had al een mooi begin kunnen maken. De boom stond al voor een groot gedeelte op het doek en verder had ze vooral schetsen gemaakt.

Ze glimlachte. Als de confrontatie met haar oude pestkoppen niet ging zoals ze wilde, had ze altijd nog een prachtig schilderij. Dan was dit uitstapje niet voor niks geweest.

Een ander voordeel was dat Sally blijkbaar een dag vrij had. Diane had haar de hele dag nog niet bij het hotel gezien. Natuurlijk, ze was hier om onder anderen Sally te zien, maar ze was er nu nog niet echt kaar voor.

Nu was het dus tijd om naar de school te gaan. Diane had de auto gepakt, zodat ze er sneller zou zijn. Nu ze voor het schoolgebouw stond, voelde ze zich opeens weer onzeker worden. Alsof ze weer een brugpieper was. De school was amper veranderd, alleen was er een nieuw gedeelte aan de rechterkant. Het schoolplein en het fietsenrek waren echter nog precies hetzelfde. Diane haalde diep adem. Ze negeerde de leerlingen die bij de deur stonden en liep naar binnen. Ze voelde hoe ze werd nagekeken, zoals vroeger eigenlijk ook altijd al het geval was. Ze kwam langs de toiletten, waar ze zich zo vaak had verstopt. Niet alleen omdat ze bang was nog een keer door te lekken, maar ook omdat ze bang voor haar klasgenoten was.

Ook de kantine zag er nagenoeg hetzelfde uit. Ze zag het tafeltje waar ze vaak met Randy had gezeten. Diane keek nog even goed om zich heen en liep daarna naar het kamertje van de conciërge. Daar moest ze zich melden voor haar afspraak bij John Havens. Gek idee, dat ze zich moest melden. Dat had ze al jaren niet meer hoeven doen.

Ze klopte op de deur. Een jongeman deed open en keek haar vragend aan. Deze man kende Diane niet. Ook dat was maar een vreemd idee: de school was verdergegaan. Er werkten andere mensen en er zaten andere leerlingen op school. En toch voelde het alsof ze even terug was in de tijd. "Ik heb een afspraak met John Havens," zei ze.

De man knikte. "Ik zal hem bellen."

Diane wachtte geduldig. Ze zag wat kinderen voorbij lopen, lachend en pratend met elkaar. Ze vroeg zich af wie op deze school de grootste pestkoppen waren. En wie werd er getreiterd?

Echt veel tijd om na te denken had ze niet. John Havens kwam al naar haar toe. Wat had hij een oud gezicht gekregen! Het was natuurlijk vijftien jaar later, maar dit had ze niet verwacht.

"Diane," begroette hij haar. "Wat leuk om je weer eens te zien. Zullen we naar mijn kantoor gaan?"

Diane knikte en liep met hem mee. Onderweg keek ze opnieuw vol verbazing om zich heen. Het was echt alsof de tijd hier had stilgestaan. Het rook er zelfs nog als vroeger! Hoe was dat mogelijk? Het kantoor van John Havens was nog steeds op dezelfde plek en er was weinig veranderd. Er hingen wat andere foto's aan de muur. Diane dacht terug aan de tijd dat ze hier geregeld kwam. Hoe vaak was ze hier geweest om te klagen over haar klasgenoten? Ontelbare keren, maar het had nooit echt geholpen. De pesterijen gingen maar door.

"Hoe gaat het nu met je?" vroeg John.

"Heel goed," zei Diane. "Ik woon in Amsterdam en heb daar mijn eigen atelier."

"Ben je kunstenaar?"

"Inderdaad. Ik schilder," antwoordde ze.

Hij floot even. "Kun je daar van leven?" vroeg hij.

Diane rolde met haar ogen. Die vraag kreeg ze ontzettend vaak. Alsof het meteen betekende dat je als kunstenaar niet rond kon komen. "Ja, dat lukt me wel," zei ze.

"En hoe gaat het verder?" vroeg de directeur. "Ben je getrouwd? Heb je kinderen?"

Diane schudde het hoofd. "Ik woon alleen," zei ze. Ze zou best een leuke vriend willen, maar ze was nog steeds erg onzeker over zichzelf. Daardoor kostte het moeite om zich te binden aan iemand. Ze was altijd bang dat haar vriend dingen over haar zou zeggen; haar belachelijk zou maken. Ze had wel eens een vriendje gehad, maar dat was nooit goed afgelopen. De pesterijen hadden haar zo onzeker gemaakt, daar was ze zich erg van bewust. Dat was dan ook de reden om terug te komen naar dit dorp. Ze hoopte het verleden voor altijd achter zich te kunnen laten nadat ze de vijf pestkoppen weer had gezien. En Randy natuurlijk…

Diane vroeg naar de school. Er bleek inderdaad weinig veranderd te zijn. Wel waren er lokalen bij en natuurlijk veel andere leraren. John praatte vol enthousiasme over de school. Het was een vreemd idee dat iemand enthousiast kon zijn over een plek die zij zo vreselijk vond. Toch luisterde ze aandachtig.

"Heb je nog wel eens contact met oud-leerlingen?" vroeg Diane nu.

John haalde zijn schouders op. "Soms komen ze na het afstuderen nog eens langs," zei hij. "Anderen kom ik per toeval tegen, maar in het algemeen zie ik ze niet meer."

"Hoe zit het met mijn klasgenoten?"

"Al je klasgenoten, of bedoel je bepaalde mensen?"

Diane beet op haar lip. Dit was het moment van de waarheid. "Ik bedoel Iris, Ellen, Jesse en Jeroen." Ze noemde Sally en Randy niet, omdat ze hen al gevonden had.

John trok zijn wenkbrauwen op. "Je hebt hier vaak gezeten met klachten over dat groepje," zei hij. "Waarom ben je nieuwsgierig naar hen?"

"Ik wil een gesprek met hen aangaan," legde ze uit. "Er is veel gebeurd vroeger en ik wil het afsluiten."

De directeur keek haar even aan. "Ik weet dat ze je altijd moesten hebben, maar het leven gaat door. Is het werkelijk nodig om ze te spreken?"

Diane knikte. "Ik ben erg onzeker over mezelf. Altijd al geweest. Ik denk dat het beter voor me is als ik ze spreek en laat weten wat ze me hebben aangedaan."

"Wat verwacht je van zo'n gesprek?" vroeg John. "Het is minstens tien jaar geleden."

"Vijftien jaar," corrigeerde ze hem.

"Zij zijn verdergegaan met hun leven. Dat zou jij ook moeten doen."

Diane zuchtte diep. "Dat heb ik geprobeerd, maar het lukt me niet. Daarom wil ik ze spreken."

"Ik denk niet dat ik het begrijp," zei John.

"Dat hoeft ook niet," zei ze. Ze had dit ergens wel verwacht: hij had haar problemen nooit echt serieus genomen. "Ik zou graag de adressen van ze willen, zodat ik naar ze toe kan."

John schudde nu zijn hoofd. "Dat kan ik niet doen."

"Waarom niet?"

"We moeten de privacy van onze leerlingen, ook de oud-leerlingen, beschermen. Ik kan niet zomaar adressen gaan geven."

"Maar ik heb bij ze in de klas gezeten."

John schudde beslist zijn hoofd. "Had je het leuk gevonden als een paar jaar terug een oud klasgenoot voor je deur stond? Trouwens, we hebben niet alle gegevens meer. Misschien zijn ze verhuisd."

"Kunt u me helemaal niets geven?" probeerde Diane, zijn vraag negerend.

"Het spijt me." De directeur schudde zijn hoofd.

Diane vroeg zich af of het hem echt speet. Hij zag er niet echt uit alsof het hem ook maar iets kon schelen.

"Heb je nog contact met Randy Brown?" vroeg John nu opeens. "Het lijkt me logischer dat je hem wilt opzoeken."

Diane gaf geen antwoord. "Bedankt voor je tijd," zei ze. "Ik zal nog wel verder zoeken, om te kijken waar ze nu wonen."

"Graag gedaan. Ik hoop dat het je lukt om ze nog te vinden." John keek even ernstig. "Al lijkt het me beter als je ze met rust laat. Laat het verleden voor wat het was."

Diane schudde zijn hand. "Bedankt voor het advies." Ze zou zich er niets van aantrekken, want ze had allang besloten dat ze haar missie af zou maken. Ze had de rust nodig.

"Kan ik verder nog iets voor je doen?" vroeg John.

Diane schudde haar hoofd. "Ik ga nog even naar het toilet en dan terug naar het hotel."

John stond op. "Ik wil je veel succes wensen met je carrière, ik zal eens op internet kijken of ik iets over je kan vinden. Ik ben erg nieuwsgierig naar je werk." Hij gaf haar een stevige handdruk.

Diane zuchtte diep. En nu? Ze verliet het kantoor en ging naar de toiletten. Er langs lopen was vreemd, maar nu ze werkelijk naar binnen stapte was het helemaal raar. Alsof er een knoop in haar maag was gelegd. Ze ging naar het hokje dat ze in de brugklas zo'n beetje 'haar' hokje had genoemd. Ze had er veel gezeten en elke keer controleerde ze of ze niet ongesteld was geworden. Het was ook een prima manier om aan de pestkoppen te kunnen ontsnappen. Geen gedoe aan haar hoofd.

Toen Diane haar behoefte had gedaan, kwamen een paar meiden binnen. Ze waren druk in gesprek over een leuke jongen en zagen Diane amper staan. Zo ging het vroeger ook al: alsof ze onzichtbaar was. En dat terwijl een volwassen jonge vrouw op de toiletten toch wel moest opvallen. Dus niet.

Met een naar gevoel ging Diane terug naar haar auto. Dit gesprek had helemaal niets opgeleverd. Er zat niets anders op: ze zou de confrontatie aan moeten gaan met Sally. Daarna kon ze Randy opzoeken. De rest zou ze waarschijnlijk niet zien. Het was altijd beter dan niets, dus ze kon maar beter actie ondernemen.

## 4. Vijftien jaar geleden

*12 september*

Diane liep met het lood in schoenen naar de kantine. Ze had al een week overleefd op school, maar het was er beslist niet beter op geworden. Sally had iets met Jeroen gekregen. Diane vond dat ze dat nogal snel voor elkaar had en wist niet goed hoe ze daar over moest denken.

Nu Sally en Jeroen iets hadden, was de groep pestkoppen opeens enorm gegroeid. Sally stond er niet langer meer alleen voor: Jeroen kwam ook de hele tijd met allerlei grapjes. En met Jeroen kwam ook Jesse erbij. Jeroen en Jesse konden het erg goed met elkaar vinden: ze waren beste vrienden. Iedereen in de klas noemde ze dan ook de twee J's. Jeroen en Jesse zaten veel naast elkaar in de klas en hadden bij veel lessen een plekje achter Diane – die overal alleen zat. Vaak voelde ze tijdens een les een pen in haar rug prikken en er was zelfs al een haar uit haar hoofd getrokken. Ze durfde alleen niets te zeggen, wetend dat het drietal haar na de les extra hard zou terugpakken. En dus deed ze alsof er niets gebeurde.

De pauzes vond ze altijd het ergste. Er was niemand die bij haar wilde zitten en ze voelde zich vreselijk alleen. Het leek alsof niemand bij haar in de buurt durfde te komen, bang voor Sally, Jeroen en Jesse. En dus stond Diane er alleen voor.

Ook vandaag ging ze weer alleen aan een tafeltje zitten en pakte haar brood. Ze voelde de blikken op zich gericht en wist dat iedereen over haar praatte.

Het was die maandag dat Ilona, de zus van Diane naar haar toe kwam. "Waarom zit je alleen?" vroeg ze.

"Ik wil even rust," antwoordde Diane. Het leek haar beter als haar zus niet wist wat er werkelijk aan de hand was. Dan kwamen haar ouders het ook snel genoeg te weten en dat wilde Diane zien te voorkomen.

"Weet je het zeker?" Ilona ging ook aan het tafeltje zitten. "Het lijkt er een beetje op alsof je geen vrienden hebt hier."

"Ik heb nu gewoon niet zo'n zin in ze."

Ilona keek haar doordringend aan. "Als er iets aan de hand is, dan moet je het me zeggen."

Diane knikte, maar zweeg. Ze stelde zich waarschijnlijk toch aan. Over een paar dagen zou het drietal er genoeg van hebben en zochten ze iemand anders. Zo ging dat toch in de brugklas?

"Kom je anders bij ons zitten?" Ilona wees naar het tafeltje waar zij altijd met haar vriendinnen zat. Diane besloot inderdaad mee te gaan. Alles was beter dan niks. Ze kende de vriendinnen van haar zus ook wel een beetje.

Toch kon ze zich helemaal niet concentreren op de gesprekken die werden gevoerd. De woorden gingen volledig langs haar heen. Ze zag het tafeltje waar Sally, Jeroen, Jesse, Ellen en Iris zaten. Ze keken alle vijf naar haar en waren duidelijk over haar aan het praten. Jeroen had een wat valse grijns op zijn gezicht. Sally was aan het praten en hield daarbij de arm van haar vriendje vast, maar ze bleef in de richting van Diane kijken. Het voelde niet goed en ze maakte zich dan ook vreselijk zorgen.

En dat leverde weer vraagtekens op bij Ilona. Diane merkte dat haar zus geregeld haar kant op keek met een vragende blik. Diane kon niet uitleggen wat er aan de hand was. Daarom probeerde ze niet meer naar haar klasgenoten te kijken. Ze zou extra voorzichtig zijn, dat wist ze wel.

De hele dag ging het eigenlijk best goed. Wel noemde Sally haar de hele tijd Paardenbek, maar daar begon ze al een beetje gewend aan te raken. Het viel haar mee. Ze voelde zelfs geen pen of potlood in haar rug prikken tijdens de lessen. Jeroen en Jesse gedroegen zich erg goed.

Met een opgelucht gevoel liep Diane later die dag dan ook de school uit. Ze had dus toch gelijk gehad: het was geen echt pesten, ze hadden haar gewoon een paar dagen lastig gevallen. Dat was nu voorbij.

Ze kon niet verder van de waarheid zitten. Op het moment dat ze haar fiets pakte en het schoolplein afreed zag ze haar klasgenoten. Ze stonden met hun fiets bij de rand van het plein.

"Hoi Diane," zei Jeroen. "Stop eens."

Diane deed wat hij vroeg, al had ze al zo'n vermoeden dat ze dat beter niet kon doen.

"Waarom kom je in de pauze nooit gezellig bij ons zitten?" vroeg hij.

"Ik…"

"We hebben je toch zeker niets gedaan?" ging Jeroen verder.

Diane moest toegeven dat ze een beetje bang voor Jeroen was. Hij was groot, een stuk groter dan de rest van haar klasgenoten. En hij was ook breed. Vergeleken bij Jeroen, viel Jesse in het niets. Jesse was juist erg iel.

"Nou?" Jeroen keek haar afwachtend aan. "Ik vroeg je iets."

"Nee…" zei Diane. Echt veel hadden ze inderdaad nog niet gedaan. Ze hadden haar alleen vreselijk voor schut gezet toen ze ongesteld was geworden. En ze werd altijd 'Paardenbek' genoemd. Maar misschien stelde dat inderdaad maar weinig voor en trok zij het zich veel te veel aan.

"Waarom kom je dan nooit bij ons zitten?" herhaalde Jeroen.

Diane beet op haar lip. Ze wist niet goed wat ze moest zeggen. Ze wilde veel zeggen, maar er kwam geen woord uit haar.

"Hij vroeg je wat," zei Jesse nu.

"Ik wilde wat rust," zei ze zacht. Ze kon best hetzelfde tegen hen zeggen als ze tegen haar zus had gezegd.

"Vind je ons niet gezellig?" vroeg Jeroen.

"Ik weet het niet," ze voelde zich erg in het nauw gedreven. "Ik heb nooit bij jullie gezeten, dus ik heb geen idee of jullie gezellig zijn."

"Geef je nu een grote mond tegen mijn vriendje?" vroeg Sally. Ze klonk dreigend. "Hij vraagt je alleen maar wat."

"Ik…"

"Je kunt toch gewoon antwoord geven?" vroeg Jesse nu.

Iris en Ellen stonden erbij, ze lachten wat, maar zeiden niets. Dat scheelde al. Het zou anders echt vijf tegen één zijn.

"Ik moet gaan," zei Diane. Ze stapte op haar fiets en wilde wegrijden. Ver kwam ze niet, want iemand pakte de bagagedrager stevig vast.

"Zeiden we dat je mocht gaan?" vroeg Jeroen. Zijn stem klonk opeens een stuk minder vriendelijk.

Diane voelde haar hart als een razende tekeer gaan.

"Paardenbekken mogen hier niet langs," zei Sally nu. "Zeker niet als ze niet bij ons in de kantine komen zitten."

"En wanneer ze geen antwoord geven op vragen," vulde Jesse aan.

"Ik moet echt gaan," zei Diane. "Ik.."

"Je luistert niet," bulderde Jeroen nu. "Dat is jouw probleem. Je moet luisteren naar wat wij te zeggen hebben!"

Hij was sterk. Diane probeerde weg te fietsen, maar kon geen kant op, omdat hij de bagagedrager vast had. Ze was doodsbang. En waarom deden Iris en Ellen eigenlijk niets? Ze stonden daar maar als een stel zoutzakken en keken lachend naar wat er gebeurde. Zo grappig was het toch zeker niet? Ze moesten toch zien dat Diane het niet leuk vond?

"Ik moet echt gaan," zei Diane opnieuw.

"Hoezo?" vroeg Sally. "Wat moet je dan doen?"

"Ik…" Het duurde te lang tot ze een smoes kon verzinnen en Sally trapte er duidelijk niet in. "Jij hoeft nergens heen. Je mag niet tegen ons liegen."

"Heeft je moeder dat nooit geleerd?" vroeg Jeroen.

Diane zag dat Jesse breed grijnsde. "Ze moet duidelijk nog veel leren. Ze wist niet eens dat je ongesteld kan worden!"

Wat een onzin. Dat wist ze echt wel. Diane durfde er alleen niets van te zeggen. Jeroen vond het een wereldgrap. Hij sloeg zijn arm om Jesse heen en stak zijn duim op. Dit was voor Diane het moment. Jeroen had de bagagedrager losgelaten en dus fietste ze weg, zo hard ze kon.

"Waar denk jij heen te gaan?" hoorde ze achter zich. "Grijp haar!" Ze wist niet of het Jeroen of Jesse was die het riep, waarschijnlijk Jeroen. Ze hoorde ook de geluiden van haar klasgenoten achter zich. Ze kwamen achter haar aan en ze moest maken dat ze weg kwam. Ze durfde niet achterom te kijken. Het enige dat ze kon was doorfietsen, zo hard mogelijk. Zouden ze haar in kunnen halen? Jeroen zag er sterk uit, maar kon hij ook hard fietsen? En hoe zat het met de rest? Diane sloeg een weg in en koos een andere zijstraat. Hoe meer zijstraten ze in ging, hoe eerder ze het groepje kon afschudden.

"Kom hier!" bulderde een stem achter haar. Het klonk wel heel dichtbij. Ze maakte zich ernstig zorgen. En juist op dat moment voelde ze een hand in haar zij en werd ze flink geduwd. Ze zag nog net dat het Jeroen was. Daarna viel ze met een klap op de grond. Haar rug deed ontzettend veel pijn. "Dit doe je nooit meer!" riep Jeroen, terwijl hij ondertussen door-fietste. Diane zag Jesse en Sally ook voorbij komen. Iris en Ellen waren nergens te bekennen. Zij hadden niet deelgenomen aan de achtervolging.

Diane krabbelde overeind. Er zat een flinke slag in haar voorwiel en ze had het vermoeden dat ze flink wat blauwe plekken aan deze valpartij zou overhouden. Op haar onderarm zat een grote schaafwond en haar pols klopte, maar haar rug deed toch wel het meeste zeer. Ze keek om zich heen of het drietal echt weg was en of Iris en Ellen niet toevallig nog ergens waren. Toen de kust veilig was, probeerde ze te fietsen. Dat ging niet door de slag in haar wiel en dus was ze genoodzaakt te lopen. Het leek een eeuwigheid te duren en bij elke stap voelde ze haar rug.

Toen ze eindelijk thuis kwam, zag ze haar ouders bezorgd op haar afkomen. "Wat is er gebeurd?" vroeg haar vader.

"Ik ben gevallen, met de fiets," antwoordde Diane. Er was geen woord van gelogen. Had ze wel gelogen, dan zouden haar ouders het vast hebben gezien.

"Ben je daarom zo laat thuis?" vroeg haar moeder. "Gaat het wel? Heb je je niet bezeerd?"

Diane wilde in de armen van haar moeder duiken en heel hard huilen. Een knuffel, daar was ze echt aan toe. Toch deed ze het niet. Ze wilde geen argwaan oproepen bij haar ouders. "Ja," zei ze daarom. "Het gaat wel. Mijn fiets is kapot. Er zit een slag in het wiel."

"Ik zal het vanavond voor je maken," beloofde haar vader. "Weet je zeker dat je je niet bezeerd hebt? Er zit een schaafwond op je arm."

"Het gaat wel," herhaalde ze. Ze liep naar binnen en rook dat haar moeder al begonnen was met eten koken. Ilona zat op de bank en keek Diane met een vragende blik aan, alsof ze precies wist wat er was gebeurd.

Het eten smaakte Diane niet echt en dat terwijl ze spaghetti hadden, haar favoriete eten. Ze dacht vooral aan wat er vandaag was gebeurd. Jeroen had haar echt van de fiets geduwd. Ze had wel een been kunnen breken. Dit ging verder dan alleen grapjes die op school werden gemaakt. Wat moest ze hier nou mee?

Na het eten ging Diane meteen naar boven. Ze wilde alleen zijn en had geen zin in vragen van haar ouders. En Ilona, daar hoorde ze liever al helemaal niets van. Ze pakte haar Engelse boek, om alvast te leren voor het proefwerk van volgende week.

Het duurde niet lang tot Ilona haar slaapkamer binnenkwam. Ze ging op het bed zitten. "Ik maak me zorgen om je," zei ze.

Oei, dat klonk ernstig. Iets wat ouders normaal tegen hun kinderen zeggen. Nu het uit de mond van haar zus kwam, klonk het opeens heel anders.

"Diane?"

Diane keek op. "Wat?"

"Je bent zo afwezig. Wat is er toch?"

"Ik ben met mijn huiswerk bezig."

"Ben je echt van de fiets gevallen?" ging Ilona door.

"Ja."

"Hoe gebeurde dat dan?"

Diane zweeg even. Te lang blijkbaar, want ze zag hoe haar zus haar wenkbrauwen vragend optrok. Het was moeilijk dit te verzwijgen voor haar zus, maar het leek Diane beter om niet te vertellen wat er aan de hand was. Ze zou het toch niet begrijpen.

"Word je gepest?" vroeg Ilona toen Diane nog steeds geen antwoord gaf.

"Wil je weggaan?" voeg Diane. Ze keek weer naar haar Engelse woorden en deed alsof ze druk bezig was.

"Je moet hier met iemand over praten," zei Ilona. "Ga naar je mentor, of naar de directeur. En vertel het pa en ma."

"Ik hoef ze niets te vertellen," zei Diane. "Er is niets aan de hand. Je ziet spoken."

"Wie probeer je nou voor de gek te houden?" vroeg Ilona.

"Laat me met rust."

Ilona stond op. Diane keek niet naar haar, maar wist dat ze bezorgd haar hoofd schudde. Als ze nou maar niets tegen haar ouders zou zeggen... Diane kon dit prima zelf oplossen. Zo erg was het echt niet. Maar was dat wel zo? Het leek alleen maar erger te worden, zeker nu Jeroen haar van de fiets had geduwd. Dat waren geen grapjes meer. Maar toch hield ze zichzelf liever voor dat er helemaal niets aan de hand was. Het zou vanzelf wel goed komen. Het schooljaar was nog maar amper begonnen!

# 6.

"Goedemorgen!" groette Sally vrolijk, toen Diane langs de receptie was. "De ontbijtzaal is die kant op."

Wat deed ze overdreven vrolijk, vond Diane. En ze wist toch al lang waar de ontbijtzaal was? Ze knikte even en liep snel naar de ontbijtzaal. Ze wist dat ze met haar oude klasgenoot moest praten, maar was er absoluut nog niet klaar voor. Hoe moest ze beginnen? Sally had iedereen aangespoord en iedereen verteld hoe vreselijk ze Diane vond. Zij was het begin geweest van de vreselijke tijd in de brugklas.

De ontbijtzaal van het hotel was vrij ruim en er was veel keuze. Ze besloot voor roerei te gaan met wat geroosterd brood. Ook nam ze een schaaltje fruit en een kopje thee mee. Opnieuw twijfelde ze. Waarom was ze hierheen gegaan? Alleen maar door de woorden van Ilona? Diane at langzaam haar ontbijt en keek ondertussen naar de andere hotelgasten. Ze was de enige die alleen zat en dat gaf haar een onaangenaam gevoel. De mensen dachten vast dat ze een triest figuur was, zonder vrienden. Ergens klopte dat ook wel: ze had Kimberly, maar dat was eigenlijk haar enige vriendin. Ook kreeg ze veel steun van Ilona. Het was gek: na al die jaren maakte Diane zich nog steeds druk om de mening van anderen. Er was een reden waarom ze zo weinig vrienden had: ze had maar weinig vertrouwen in de mensen om zich heen. Een vriend had ze ook niet: ook dat vond ze maar eng. Wat als hij haar opeens liet vallen of bot tegen haar deed? Nee, mensen konden je te veel pijn doen. Alleen zijn was ook pijnlijk, maar het was altijd nog beter dan de dingen die anderen je aan konden doen. Toch zou Diane het graag anders zien en daarom was ze nu hier, wist ze. Hopelijk kon ze vrede met haar verleden krijgen door haar oude pestkoppen weer te zien.

Toen Diane haar ontbijt op had, ging ze weer naar haar hotelkamer. Ze keek niet eens naar Sally.

Op de hotelkamer aangekomen pakte Diane haar schildersspullen. Ze kon Sally niet spreken, nog niet. Eerst moest ze zich er echt een beetje op voorbereiden. Als ze ging schilderen, zou ze tenminste ophouden met piekeren. Het was een prima therapie voor haar, die al jaren hielp.

Opnieuw kwam ze langs de receptie. "Wat ga je doen?" vroeg Sally.

Diane stopte met lopen en keek haar oud-klasgenoot verbaasd aan. Waarom stelde ze zoveel vragen? Deed ze dat soms bij iedereen?

"Is dat een schildersezel?"

"Ja."

"Wat gaaf! Ik heb ooit geprobeerd om te schilderen, maar ik heb er duidelijk geen talent voor. Het was wel heel leuk om te doen."

Ze praatte nog net zoveel als vroeger. Een vlotte babbel als receptioniste was best nuttig, maar Diane vond dit een beetje te vlot. Sally bemoeide zich wel erg veel met de gasten in het hotel.

"Ik zou je graag na werktijd willen spreken," zei Diane. Ze schrok er zelf van dat ze dit zei. "Kan dat?" vervolgde ze snel.

Sally keek haar verbaasd aan. "Heb ik iets verkeerds gezegd?" vroeg ze.

Diane negeerde haar vraag. "Is dat mogelijk?"

"Ja, ik denk het wel. Ik moet tot vijf uur werken. Daarna heb ik wel tijd."

"Ik zal hier zijn," zei Diane. Ze wachtte een antwoord niet af, maar liep met haar schildersspullen naar buiten. Het was al heel wat dat ze deze stap had genomen. Nu ze iets had afgesproken met Sally kon ze niet meer terug. Dat wilde ze trouwens ook helemaal niet. Hiervoor was ze immers gekomen.

Met knikkende knieën liep Diane die middag het hotel weer in. Het was iets voor vijf en Sally stond nog achter de receptie. "Ik ben bijna klaar met werken," zei ze."Ik moet alleen nog..."
"Ik kom er zo aan," onderbrak Diane haar. "Even mijn spullen wegbrengen." Ze ging snel richting haar hotelkamer en haalde diep adem. Nu was het eindelijk zo ver: de confrontatie. Eerder dan ze had verwacht, maar dan had ze het tenminste gehad. Hopelijk kon ze een goed gesprek met Sally aangaan. Het was al zo lang geleden en Sally had vast een hele andere kijk op het verleden. Ze was ook volwassen geworden. Diane legde haar spullen op het bed en keek nog even in de spiegel. Ze zag er niet fantastisch uit, maar het moest er maar mee door. Trouwens: wat maakte het eigenlijk uit hoe ze eruit zag? Het was sowieso al beter dan vroeger, toen ze nog geen beugel had gehad en iedereen haar Paardenbek noemde.
Diane ging weer naar de lobby van het hotel. Sally stond al op haar te wachten. "Wil je ergens heen gaan?" vroeg ze.
"Laten we naar buiten gaan. Ik zag dat er vlakbij het hotel een bankje is," stelde Diane voor.
Sally knikte. "Ik weet dat ik soms wat vervelend kan overkomen als receptioniste," zei ze. "Ik ben veel te nieuwsgierig en dat moet ik echt eens afleren. Ik wilde niet overkomen als een bemoeial."

"Dat is het niet," zei Diane. Ondertussen liepen ze naar het bankje. Het regende zacht, maar daar maakte Diane zich niet druk om. Het sombere weer paste wel een beetje bij de situatie.

"Wat is er aan de hand?" vroeg Sally toen ze zaten. "Ik zie liever geen ongelukkige hotelgasten."

"Herken je me niet?" vroeg Diane.

Sally keek haar een tijdje bedenkelijk aan. "Ik ben niet zo bekend in de kunstwereld," verontschuldigde ze zich.

"Dat bedoel ik niet," antwoordde Diane. "Van vroeger."

Sally keek haar verbaasd aan. "Ik begrijp niet wat je bedoelt," zei ze.

"We hebben bij elkaar in de klas gezeten," zei Diane. Ze slikte. Dit was een stuk moeilijker dan ze had verwacht.

"Echt waar?" Sally schudde haar hoofd. "Je komt me niet bekend voor."

"Ik ben Diane Gemert."

"Die naam komt me niet bekend voor."

Diane wist niet goed wat ze hiervan moest denken. Waarom deed Sally dit? Ze had haar het leven zuur gemaakt en nu deed ze net alsof ze zich er niets meer van kon herinneren.

"Ik ging veel om met Randy Brown."

"Ah, Randy!" Sally glimlachte bij de herinnering. "Iedereen was stiekem verliefd op hem."

Diane wachtte even af, maar Sally liet niet blijken dat ze ook maar enig idee had wie de vrouw tegenover haar was.

"Hebben wij echt bij elkaar in de klas gezeten?" zei ze nu zelfs.

Diane knikte. "In de brugklas."

"Sorry dat ik het niet meer weet," zei Sally. "Ik snap dat het vreemd overkwam dat ik je niet herkende toen je in het hotel kwam."

"Je hebt me het hele jaar gepest," zei Diane. Ze zei het sneller dan ze zelf had verwacht, maar het was beter om het uitgesproken te hebben. Hier kwam ze immers voor.

"Ik?" Sally keek haar stomverbaasd aan. "Ik heb helemaal niemand gepest."

Diane wist niet hoe ze moest reageren. Ze merkte dat ze kwaad begon te worden. Dit was toch niet te geloven? Hoe kon ze nou doen alsof ze niets meer wist?

"Ik weet niet wie je bent," zei Sally nu. "Maar ik vind het niet eerlijk om vals beschuldigd te worden. Ik heb niemand gepest. Je bent vast in de war met iemand anders."

"Jij bent toch Sally Grootjans?"

"Inderdaad."

"Dan ben ik niet in de war."

Sally stond op en keek Diane kwaad aan. "Ik hoef het niet te pikken dat ik word uitgemaakt voor iemand die pest. Ik heb een hele leuke schooltijd gehad en laat me niet gek maken door iemand die nu beweert dat ik een kreng was."

"Je noemde me altijd Paardenbek."

"Daar kan ik me niets van herinneren," antwoordde Sally. "En ik heb wel wat beters te doen dan naar dit soort onzinverhalen te moeten luisteren. Ik laat me niet vals beschuldigen!"

"Het is geen onzin," zei Diane. Ze merkte dat haar stem trilde. Ze vond het vreselijk dat ze niet serieus werd genomen. "Je pestte me, samen met Jeroen, Jesse, Ellen en Iris."

"Die namen ken ik inderdaad wel," zei Sally. "Jeroen was mijn vriendje en hij was inderdaad best een etterbak. Van hem kan ik het me best voorstellen dat hij iemand heeft gepest."

Diane zuchtte diep.

"Je bent vast in de war omdat hij mijn vriendje was," ging Sally onverstoord verder. "Ik heb niks gedaan."

Diane wist zeker dat ze niet in de war was. Ze wist nog heel goed wat haar oude klasgenoot allemaal had gedaan. Ze had er vaak over gedroomd.

"Ik snap trouwens niet waarom je me dit allemaal vertelt," zei Sally. "Wat denk je ermee op te schieten?"

"Ik heb nu nog steeds last van het pesten van vroeger," legde Diane uit.

"Je moet niet zeuren, maar doorgaan met je leven," meende Sally. "Ik heb genoeg gehoord en ga niet langer meer met je praten. Ik accepteer het niet wanneer iemand dit soort dingen over me beweert. Het lijkt me ook beter als je me met rust laat tijdens de rest van je verblijf hier." Na die woorden liep ze weg.

Diane bleef verbouwereerd achter. Wat was er zojuist gebeurd? Kon Sally zich het echt niet meer herinneren? Dat kon ze zich niet voorstellen. Waarschijnlijk deed ze alsof, omdat ze niet wilde toegeven wat ze had gedaan. Haar woorden hadden Diane pijn gedaan. Niet zeuren. Ze had duidelijk geen idee wat voor een impact de schoolperiode op Diane had gemaakt. Waarom kreeg ze niet een klein beetje begrip? Hoe had ze überhaupt kunnen verwachten dat het goed zou zijn om haar oude klasgenoten te zien? Het begon harder te regenen en Diane liep terug naar het hotel. Het was maar goed dat Sally vrij was, want ze had geen zin om haar nu weer te treffen. Ook moest ze nog ergens wat eten.

Daarom haalde ze haar autosleutel op en ging ze het dorp in. Ze ging naar een klein Italiaans restaurant dat ze niet kende uit haar jeugd. Het eten was simpel, maar wel goed.

Mensen keken haar vreemd aan toen ze zagen dat ze alleen aan een tafeltje zat. Ze voelde zich weer ontzettend eenzaam. Zo voelde ze zich regelmatig, maar nu ze ook nog eens zo ver van huis was, had ze echt het idee helemaal alleen op de wereld te zijn. Waar was ze toch aan begonnen?

Diane had sterk de behoefte om Ilona te bellen en te laten weten waar ze was. Toch deed ze het niet. Ze wist toch wel hoe haar zus zou reageren: ze vond het ongetwijfeld een slecht idee van haar dat ze haar oude klasgenoten wilde zien. En misschien had ze daar ook wel gelijk in.

## 7. Vijftien jaar geleden

*8 november*

De pesterijen waren niet minder geworden, maar leken alleen maar erger te worden. Dat begreep Diane nu ook. Ze ging steeds vaker met lood in haar schoenen naar school. Het waren vooral Sally, Jesse en Jeroen, maar ook Iris en Ellen begonnen zich steeds meer te bemoeien met de pesterijen. Alsof ze niet achter wilden blijven.

De hele klas was dol op Jeroen en Jesse, de twee J's. Jeroen had bijna altijd een grote mond in de klas en Jesse deed met hem mee. Ze pasten goed bij elkaar, vulden elkaar aan. En Sally was een echt kreng. Ze kon het ene moment ontzettend lief zijn tegen Diane en het andere moment duwde ze haar de grond in.

Diane voelde zich alleen. In de kantine ging ze nooit bij haar klasgenoten zitten, ook al zeiden ze regelmatig dat ze wél wilden dat ze bij hen ging zitten. Ze vertrouwde haar klasgenoten totaal niet en bleef liever alleen zitten. Ook nu zat ze weer alleen. Ze hadden wiskunde en ze kregen uitleg over grafieken. Meneer Hof, de wiskundeleraar en tevens ook hun mentor, vertelde waar ze op moesten letten. Hij stond met zijn rug naar de klas om iets op het bord te schrijven.

Diane voelde een potlood in haar rug. Ze draaide zich niet om, maar bleef strak voor zich uitstaren. Als ze niet reageerde, dan hield het vast op.

"Ze voelt niks," zei Jeroen, net verstaanbaar. Weer een prik in haar rug. "Grappig. Vind je niet?"

Ze hoorde Jesse grinniken. Er werd nog drie keer in haar rug geprikt en ze bleef het negeren. Van binnen wond ze zich echter op. Waarom moesten ze haar nou telkens hebben? Konden ze er niet een keer mee ophouden? Weer een prik en deze keer deed het best wel pijn. Diane wilde zich omdraaien en gillen dat ze moesten ophouden, maar ze kon het niet. Ze bleef zitten en probeerde te volgen waar meneer Hof het over had. Wel nam ze een besluit: na de les zou ze even blijven zitten om met de mentor te praten. Er moest nu echt iets gebeuren, daar had Ilona gelijk in gehad. Diane had haar zus altijd genegeerd, maar wist nu dat het nodig was. Ze wilde niet langer meer in haar rug worden geprikt met een potlood, of van haar fiets worden geduwd. Ze had er ook geen zin meer in dat de meiden haar in de kleedkamer tijdens de gymlessen uitlachten. Het was een keer klaar.

"Zeg Diane," hoorde ze Jeroen fluisteren. "Hebben we straks na school een date?"

Diane reageerde niet. Ze wist precies wat Jeroen bedoelde. Na school zou hij haar weer opwachten. Dat deed hij bijna iedere dag met zijn vrienden. Soms kon Diane ze ontwijken, door om te fietsen of langer op school te blijven hangen.

"Ze is doof," lachte Jeroen.

"Misschien is ze verlegen, omdat je haar meevroeg op een date," opperde Jesse.

"Dan moet ze maar oppassen voor Sally, ze kan best jaloers zijn." Er werd weer gelachen.

Meneer Hof draaide zich om van het bord en keek de klas in. "Is er iets wat jullie met de klas willen delen, Jeroen de Bree en Jesse Eggen?"

"Natuurlijk niet," zei Jeroen met een quasi onschuldige stem. "We hadden het over de opgave op het bord. We vinden uw uitleg perfect."

"Is dat zo? Kom dan maar naar voren en los de opgave op."

Jeroen schudde zijn hoofd. "De uitleg is goed, maar ik begrijp het nog niet helemaal."

"Jesse?"

"Ik snap er niks van."

Diane verwachtte dat meneer Hof boos zou worden, maar in plaats daarvan draaide hij zich weer om naar het bord, om de uitleg opnieuw te geven. Ze voelde opnieuw een potlood in haar rug prikken, en weer negeerde ze het. Hoe lang bleef dit nog doorgaan?

Na de les was ze extra langzaam met het inpakken van haar tas. Ze zag de rest van de klasgenoten het lokaal verlaten. Daarna liep ze naar haar mentor. "Meneer, heeft u even tijd om te praten?"

"Natuurlijk." Meneer Hof liep naar de deur om deze dicht te doen. "Is er iets aan de hand?"

Diane haalde even adem en zei toen: "Ik word gepest."

"Echt waar?" Meneer Hof keek haar verbaasd aan. "Door klasgenoten?"

"Inderdaad."

"Wie dan?" vroeg de mentor.

"Jeroen, Jesse, Sally," ze aarzelde even. "En Iris en Ellen." De laatste twee deden niet heel veel, maar ze waren er wel bijna altijd bij. Daarom noemde ze hen toch.

Meneer Hof keek haar even bedenkelijk aan. "Weet je het zeker?" vroeg hij.

Wat was dat nou weer voor een domme vraag. Natuurlijk wist ze zeker dat deze mensen haar leven zuur maakten. "Ja, dat weet ik zeker," zei ze.

"Ik weet dat vooral Jeroen en Jesse erg vervelend kunnen zijn, maar ik denk dat het wel meevalt."

Diane wist niet wat ze hoorde. Wat was dit nou weer?

"Ik denk dat je moet proberen om meer aansluiting met je klasgenoten te vinden," ging de mentor verder. "Je zondert je heel erg af, daardoor voel je je misschien wat eenzaam. Is het niet beter om je klasgenoten eens te leren kennen? Je zit hier nu al een paar maanden op school."

"Maar ik…"

"Ik begrijp dat het lastig is, omdat je eerst op de basisschool zat en hier verder niemand kent. Het is hier op de middelbare school heel anders, maar het is echt beter voor je als je wat vrienden probeert te maken."

Diane wist niet wat ze moest zeggen. De mentor begreep er helemaal niets van! Dit had toch zeker niets te maken met vriendschappen? Ze zat altijd alleen omdat ze gepest werd, omdat ze altijd belachelijk werd gemaakt. Waarom snapte hij dat niet?

"Ik heb denk ik wel een oplossing," zei meneer Hof. "Ik wilde het eerst aan iemand anders vragen, maar ik denk dat het jou zal helpen."

"Wat bedoelt u?"

"Er komt morgen een nieuwe leerling bij jullie in de klas. Zou jij deze leerling hier op school willen begeleiden?"

Diane knikte. Dan stond ze er misschien niet meer alleen voor. Haar klasgenoten durfden misschien niets als er iemand bij was.

Misschien konden ze zelfs goede vriendinnen worden! Ja, dit idee zag ze helemaal zitten.

"Mooi," glimlachte meneer Hof. "Hij heet Randy Brown en komt uit Amerika. Zijn Nederlands is redelijk, omdat hij een Nederlandse moeder heeft. Sinds kort wonen ze hier en hij kent dus nog helemaal niemand. Morgen is zijn eerste schooldag. Zou je een half uur voor de eerste les naar de conciërge kunnen gaan?"

Diane zweeg. De nieuwe leerling was een jongen. Daar zat ze helemaal niet op te wachten. Ze wist al precies hoe Jeroen zou reageren wanneer ze een jongen de school liet zien. En van Sally maar niet te spreken, zij zou waarschijnlijk ook een heleboel te zeggen hebben.

"Ik zal morgen ook bij de conciërge komen, dan kunnen jullie elkaar alvast leren kennen," zei meneer Hof nu. "Ik ben blij dat je wilt helpen."

Diane wist niet hoe ze moest reageren. Dit wilde ze helemaal niet! Maar ze had nu al toegezegd, dus teruggaan was waarschijnlijk niet meer mogelijk.

"En probeer je niet teveel aan te trekken van je klasgenoten. Ze bedoelen het vast niet verkeerd. Er worden altijd wel wat grapjes gemaakt."

Diane reageerde niet. Dit was wel wat meer dan grappen die werden gemaakt. Ze werd van haar fiets geduwd! Er werd in haar rug geprikt. Toch kon ze niet zeggen wat ze allemaal dacht. Ze had het gevoel alsof ze helemaal niet serieus werd genomen. Het zou vast alleen maar erger worden wanneer ze haar mond optrok om nog meer te zeggen. Misschien moest ze inderdaad eens openstaan voor het plan van haar mentor. Al was ze er nog steeds niet echt over te spreken.

"Ik moet nu gaan," zei meneer Hof. "Ik zie je morgenvroeg. Bedankt dat je Randy Brown wilt helpen."

"Graag gedaan," zei Diane. Ze verliet het lokaal en dacht diep na. Dit kon nog wel eens rampzalig aflopen. Ze had er helemaal geen zin in. Bij haar fiets aangekomen zuchtte ze diep: beide banden waren helemaal leeg en ze zag twee grote scheuren zitten. Nu kon ze dus wéér lopend naar huis.

Diane kwam thuis en haalde diep adem. Haar moeder was er ook. Het was de zoveelste keer dat Diane haar moeder moest vertellen dat er iets met de fiets was.

"Wat is er?" vroeg haar moeder, alsof ze al wist dat er iets aan de hand was.

"Mijn banden zijn lek," zei Diane.

"Lek?" vroeg haar moeder. "Er is wel regelmatig iets met je fiets. Hoe kan dat?"

Diane beet op haar lip. "Geen idee," zei ze.

"Allebei je banden zijn lek?" vroeg haar moeder nu.

"Inderdaad."

"Dat kan toch niet zomaar gebeuren?"

O jee, ze begon argwaan te krijgen. Diane bedacht snel een smoesje. "Er is iemand op school geweest die meerdere banden kapot heeft gemaakt. Hij heeft al straf gekregen van de directeur."

Haar moeder trok haar wenkbrauw op. "Dat is maar goed ook," zei ze. "Zulke dingen moeten niet goedgekeurd worden."

Diane knikte alleen maar. Ze dacht aan het gesprek met haar mentor: zoveel werd er niet gedaan aan bepaalde acties. Dat deed

Diane weer denken aan de nieuwe leerling. "Ik moet morgen een nieuwe leerling begeleiden," zei ze.

"Wat leuk, komt ze bij je in de klas?"

Zie, zelfs haar moeder dacht dat het een zij was. "Hij," verbeterde ze daarom ook. "En ja."

"Wat een eer dat jij hem mag begeleiden. Wat houdt dat precies in, moet je hem de weg wijzen in de school?"

"Ik denk het," zei Diane. "Ik weet ook niet precies wat ik moet doen."

"Dat wijst zich waarschijnlijk vanzelf wel. Leuk dat je daarvoor bent aangewezen!"

Diane vond het nog steeds niet leuk dat ze deze jongen moest begeleiden, maar ze glimlachte wijselijk naar haar moeder, alsof ze het helemaal met haar eens was.

"Waarvoor aangewezen?" Ilona kwam de woonkamer in.

"Diane mag een nieuwe klasgenoot begeleiden," zei haar moeder.

"Leuk!"

"Inderdaad."

Diane haalde diep adem. Vond echt iedereen behalve zij dit leuk? Zo speciaal was het toch niet? Ze verwachtte er trouwens toch niets van: die jongen zou het vast heel goed kunnen vinden met Jeroen en Jesse. Dat betekende dat er nog een vijand bij kwam. Nog iemand die haar kon vernederen.

Na het eten deden Ilona en Diane samen de afwas. Hun vader was bezig met het plakken van de band en hun moeder was op visite bij de buren. "Ik denk dat het goed is dat je die leerling gaat begeleiden," zei Ilona.

"Ik niet," antwoordde Diane. "Het gaat vast helemaal verkeerd aflopen."

"Jullie worden dikke vriendinnen," voorspelde Ilona.

"Het is een jongen."

"Nog beter."

"Hoezo nog beter?" vroeg Diane. Ze vond het niet grappig, maar haar zus keek haar lachend aan.

"Als je gepest wordt, dan kan hij voor je opkomen. Misschien is het wel een hele sterke jongen."

"Dat is niet leuk."

"Het was geen grapje. Ik meen het serieus. Het gaat niet goed met je op school. Het zijn die twee jongens, of niet?"

Diane had het altijd genegeerd, maar nu knikte ze. "Jeroen en Jesse. Maar Sally is ook heel onaardig. En Ellen en Iris doen ook regelmatig mee."

"Zijn ze met z'n vijven? Het is erger dan ik dacht. Je moet er met iemand over praten."

"Dat heb ik vandaag gedaan. Ik ben bij de mentor geweest."

"En?"

"Hij zei dat ik die jongen moest begeleiden."

Ilona keek triomfantelijk. "Zie je wel," zei ze. "Zelfs je mentor vindt dat het goed is voor je. Het valt allemaal vast mee. Die jongen zal het voor je opnemen."

"Ik denk dat hij bevriend raakt met Jeroen en Jesse."

"Natuurlijk niet, hij zal je vast heel aardig vinden."

"Als dat zo is, dan is het vast iemand met een brilletje en flauwe humor, die vooral van schaken houdt."

"Niet zo negatief," zei Ilona. "Hij is vast heel erg leuk."

Diane schudde haar hoofd. Ze wist precies hoe de rest van de klas beïnvloed werd. Ze kon zich niet voorstellen dat dit goed zou uitpakken. Ze keek nu al op tegen de volgende dag. Ze mocht deze Randy niet, ondanks dat ze hem nog nooit had gezien.

# 8. Vijftien jaar geleden

*9 november*

De volgende ochtend was Diane ruim op tijd op school. Ze was op de fiets van haar moeder gekomen, omdat haar eigen fiets nieuwe banden nodig had. De banden waren zo kapot, dat haar vader ze niet kon repareren. De scheuren waren te groot om te repareren. Ergens was het wel handig dat ze nu op een andere fiets was. Omdat ze veel vroeger was, wisten haar klasgenoten niet welke fiets van haar was.

Meneer Hof stond al op haar te wachten. Ook meneer Havens, de directeur, stond bij het kantoor van de conciërge.

Diane had zich op weg naar school telkens afgevraagd wat ze met de hele situatie aan moest. Wie zou Randy zijn? Ze was nieuwsgierig naar hem geworden, maar was ook heel bang. Ergens hoopte ze op de nerd die ze aan haar zus had omschreven. Dan zou ze er sowieso niet meer alleen voor staan: dan waren er twee buitenbeentjes in de klas.

"Daar ben je," zei meneer Hof. "Ik haal Randy Brown wel even."

"Ik ben blij dat je hem wilt begeleiden," zei directeur Havens.

"Wat moet ik precies doen?" vroeg Diane onzeker.

"Wijs hem een beetje de weg in de school. Hij komt uit Amerika en de scholen daar zullen vast anders zijn dan hier. Misschien kun je tijdens de lessen ook naast hem zitten om hem uitleg te geven over de stof, als hij het niet begrijpt."

Diane knikte en maakte zich ondertussen vreselijk veel zorgen. De hele dag met Randy omgaan? Hoeveel grapjes zouden haar klasgenoten maken?

Meneer Hof kwam weer aanlopen. Een jongen liep achter hem aan. Het was geen nerd, waar Diane toch een beetje op had gehoopt. Nee, eigenlijk zag hij er best wel leuk uit. Hij had blond haar, dat net over zijn oren kwam. Zijn huid had een zongebruinde kleur en zijn felblauwe ogen vielen meteen op. Diane voelde de moed in haar schoenen zakken. Randy zou het ongetwijfeld héél goed met de pestkoppen kunnen vinden. En daar moest zij een hele dag mee omgaan?

"Diane, dit is Randy. Randy, dit is Diane. Zij zal je de weg wijzen hier op school," stelde directeur Havens hen voor.

"Hay," zei Randy. Hij stak zijn hand uit. "Zitten we bij elkaar in de klas?" Hij had een Amerikaans dialect en op de één of andere manier maakte het hem nog leuker.

"Inderdaad," zei Diane.

"Je kunt naast Diane zitten in de les," zei meneer Havens. "Zij kan je uitleg geven als je ergens mee zit."

"Prima."

Meneer Havens wendde zich tot Diane. "Misschien kun je hem laten zien waar de kantine is. De kluisjes weet hij al te vinden."

"Oké," zei Diane. Ze keek naar Randy. "Ga je mee?" Hij knikte en ze liepen naar de kantine. Ze gingen aan een tafeltje zitten. Diane vertelde wat er in de pauzes zoal te koop was. Ze vertelde ook wanneer ze pauze hadden en hoe lang deze duurde. Ook vertelde ze welke lessen ze die dag hadden. "We hebben vandaag ook gym," zei ze. "Heb je gymspullen bij je?"

"Dat heb ik."

Diane keek op de klok. Waarom moest ze hier zo vroeg zijn? Nu zat ze hier en had ze eigenlijk alles al verteld. Ook dacht ze aan de gymles: dan was Randy alleen met Jeroen en Jesse. Dat was vast het moment dat er iets vervelends zou gebeuren.

Er viel een pijnlijke stilte en Diane voelde zich alleen maar ongemakkelijker. Daarom probeerde ze een gesprek aan te gaan. "Ik hoorde dat je uit Amerika komt," zei ze.

"Inderdaad. Ik heb in Los Angeles gewoond."

"Waarom ben je nu in Nederland?"

"Mijn ouders zijn uit elkaar," antwoordde Randy. "Mijn moeder komt uit Nederland en ze wilde weer terug. Ik ben met haar meegegaan."

"Je vader is wel een Amerikaan?" vroeg Diane.

Randy knikte. "Ze hebben elkaar tijdens een vakantie ontmoet."

"Vervelend dat ze uit elkaar zijn," zei ze. Ze moest er niet aan denken dat haar ouders zouden scheiden.

"Het is beter zo."

"Mis je Amerika niet?"

"Natuurlijk wel. Ik mis mijn vrienden, ik mis het heerlijke weer," antwoordde Randy. "En ik mis het strand."

"Ging je vaak naar het strand?"

"Heel vaak. Ik heb veel gesurft."

Diane grinnikte. Daarom had hij waarschijnlijk die zongebruinde huid. Ze had wel eens surfers op televisie gezien en zijn hele houding leek inderdaad op die van een surfer: ontspannen en nonchalant. Alleen zijn kleding paste niet bij het beeld dat ze van een surfer had. Logisch: hier was het niet zonnig, maar al behoorlijk koud.

Diane zag vanuit haar ooghoeken dat Jeroen en Sally de aula in kwamen. Ze negeerde het tweetal en vroeg verder naar het leven van Randy in Amerika. Het was best interessant om te horen hoe hij het daar had gehad en hoe anders Amerika was vergeleken met Nederland. Hij leek veel ouder te zijn. Zeker toen hij vertelde hoe hij overal zelf heen ging. Om naar het strand te gaan was hij vaak al uren onderweg met de bus. Daar kon ze zich niks bij voorstellen. Randy wilde daarna meer over Diane weten. Ze vertelde over haar gezin. Op dat moment kwamen Jeroen en Sally bij het tafeltje. Ze gingen zitten en keken nieuwsgierig naar Randy.

"Wie is dat?" vroeg Sally. Ze keek naar hem zoals ze op de eerste schooldag naar Jeroen had gekeken.

"Dit is Randy," zei Diane. "Hij is nieuw bij ons in de klas."

"Wat doet hij bij jou?" vroeg Sally. Het klonk denigrerend en ze deed net alsof Randy er niet eens bij was.

"Diane laat me de school zien," zei Randy. Hij sprak haar naam uit zoals ze het in Amerika uitspreken. Het klonk erg leuk.

"Dat kunnen wij ook wel voor je doen!" opperde Sally.

"Inderdaad," zei Jeroen. "Wij kennen de school van binnen en buiten."

"Bedankt voor het aanbod, maar dat hoeft niet," zei Randy. "Diane helpt me al."

Diane had dat antwoord niet verwacht. Waarom zou hij niet ingaan op hun aanbod? Toch voelde ze zich best gevleid. Jeroen en Sally leken een beetje beledigd. Ze liepen ook snel weer weg. Ze hadden zich niet eens aan Randy voorgesteld.

Het eerste lesuur was goed gegaan. Randy had naast Diane gezeten en ze had hem uitgelegd wat ze in de lessen ervoor hadden gehad. Het was het vak geschiedenis en Randy had duidelijk wat moeite met de stof. Ze hadden in Amerika natuurlijk hele andere dingen geleerd en de geschiedenis van Nederland was voor hem onbekend.

Nu hadden ze gym. Diane maakte zich hier het meeste zorgen om. Na deze les zou alles in één klap veranderen. Ze had geen idee wat Jeroen en Jesse zouden zeggen, maar het kon niet veel goeds zijn.

Diane kleedde zich zo snel mogelijk om. Hoe eerder ze in de gymzaal was, hoe minder kans de meiden kregen om flauwe opmerkingen te maken. Ze ging alvast op de bank zitten. Ze was één van de eersten in de gymzaal. Niet veel later kwamen Randy, Jeroen en Jesse ook de zaal in. Ze waren druk in gesprek, precies zoals Diane had verwacht.

Ze keek eens goed naar Randy. Hij had een korte sportbroek aan en een T-shirt. Ook zijn armen en benen hadden een mooie bruine kleur. Ze merkte dat ze rood werd. Hij was echt leuk!

Iris kwam de sportzaal ook in en ze leek duidelijk net zo gecharmeerd te zijn van Randy. Zelfs Sally was onder de indruk en ze liep meteen naar de jongens. Ergens was Diane nu toch wel trots dat ze hem mocht begeleiden. Al vroeg ze zich wel af of ze dat na de gymles nog steeds kon doen.

Ze deden een potje trefbal. Iris en Ellen mochten de teams samenstellen. Iris koos meteen Randy voor haar team. Diane moest wachten tot het einde, tot ze ook gekozen werd. Ze kwam bij Randy in het team. Ook zat ze bij Sally. Jesse en Jeroen zaten in het andere team.

"Leuk dat we bij elkaar zitten," zei Randy tegen haar.

Sally kwam bij hen staan. "Je kunt beter niet met haar praten," adviseerde ze.

"Waarom niet?"

"Diane is een beetje smerig. Ze lekt door als ze ongesteld is."

Diane voelde haar wangen rood kleuren. O nee toch! Waarom moest dit nu opeens weer naar boven worden gebracht?

Randy haalde echter zijn schouders op. "Zoiets kan gebeuren," zei hij.

"Klaar met praten," zei de lerares. "Laten we beginnen."

Diane zag dat Jeroen en Jesse met elkaar aan het praten waren. Zij waren duidelijk iets van plan, dat kon ze al zien aan de grijns die Jeroen op zijn gezicht had. Het spel begon en Jesse had al snel een trefbal te pakken. Ook Jeroen kreeg het snel voor elkaar om een bal in de hand te kijken. Samen liepen ze richting het midden van de zaal en keken Diane strak aan. Zij zag het al gebeuren: ze zouden haar met z'n tweeën tegelijk aanvallen in de hoop dat ze meteen op de bank kwam te zitten. Jeroen gooide de bal en Diane sprong aan de kant. Juist op dat moment voelde ze een bal tegen haar arm. Jesse had haar afgegooid. Met een zucht liep ze naar de kant van de zaal. Daar keek ze naar het spel. Haar ogen waren vooral gericht op Randy. Wat was hij knap! Zo had ze nooit eerder gekeken naar een jongen.

Randy rende door de zaal om de ballen te ontwijken. Ook had hij regelmatig zelf een bal te pakken en wist hij veel mensen van de tegenpartij af te gooien. Er stonden steeds minder spelers in de zaal. Diane zag dat de andere meiden in de klas vooral op Randy aan het letten waren. Ze was dus niet de enige die hem wel zag zitten.

Het team van Diane won uiteindelijk. Iedereen mocht weer terug de zaal in, voor een nieuwe ronde.

"Goed gedaan," zei Sally tegen Randy. Ze legde haar hand op zijn schouder. "Je bent een aanwinst voor het team!"

Diane merkte dat ze een beetje jaloers werd. Vooral toen ze zag dat Randy naar haar lachte. Wat moest ze nou met deze gevoelens?

Hoewel Diane anders had verwacht, kwam Randy het uur daarna weer naast haar zitten. Ze hadden Nederlands en hij had duidelijk toch wat moeite met het ontleden. Diane gaf hem uitleg over de lidwoorden en zelfstandige naamwoorden. De lerares liet het toe, terwijl ze normaal gesproken behoorlijk streng was.

"Hoe heb je Nederlands geleerd?" vroeg Diane.

"Mijn moeder vond het nodig dat ik tweetalig werd opgevoed. Ik heb dus altijd Engels en Nederlands gesproken."

"Maar je hebt er geen les in gehad?"

"Nee. Ik heb wel wat Nederlandstalige boeken gelezen om de taal beter te begrijpen, maar meer niet."

"Daarom is het ontleden misschien een beetje lastig voor je."

Randy grijnsde. "Dat leren we in Amerika ook wel. Alleen dan in het Engels." Hij knipoogde. "Ik heb ontleden alleen altijd al moeilijk gevonden."

Ze gingen verder met de les. Randy stelde haar geregeld vragen over de zinnen die ze moesten ontleden en Diane merkte dat hij de stof snel oppakte. Na de les was het pauze. Diane zag dat Randy naar Jesse en Jeroen liep om met ze te praten. Hij had haar nu niet nodig, begreep ze. Daarom ging ze alleen naar de kantine. Daar ging ze aan een tafeltje zitten. Ze haalde diep adem. Het ging deze dag beter dan ze had verwacht, maar toch maakte ze zich nog steeds zorgen.

Ze zag Randy in de rij staan bij de kantine om iets te eten te kopen. Jesse stond achter hem en ze waren druk in gesprek. Precies zoals ze had verwacht. Nog even en zij was niet meer belangrijk. Daarom pakte Diane haar Engelse leerboek om nog wat woordjes te leren. Ze kon beter iets nuttigs doen in de pauze. Even keek ze op en ze zag Ilona naar haar kijken vanaf haar eigen tafel. Ze maakte zich duidelijk veel zorgen. Diane schreef wat woorden over en concentreerde zich op haar boek.

"Mag ik erbij komen zitten?"

Diane hoefde niet op te kijken om te weten wie dit was. Ze herkende hem al aan zijn dialect. Het was Randy. Ze sloeg haar boek snel dicht. "Natuurlijk," zei ze.

Randy ging zitten en keek naar het tafeltje waar Jeroen, Jesse, Sally, Iris en Ellen zaten. "Ze mogen je niet echt, of wel?" vroeg hij.

"Niet bepaald."

"Vreemd."

"Hoezo vreemd?"

"Ik vind je wel aardig."

Diane voelde dat ze rood werd. Dit was het liefste wat een klasgenoot tegen haar gezegd had sinds ze op school zat. Randy liet zich dus niet beïnvloeden door de dingen die over haar werden gezegd!

Ilona gebaarde vanaf haar eigen tafel. Ze wilde duidelijk weten of dit de jongen was die Diane moest begeleiden. Diane grijnsde even. "Dank je wel," zei ze en ze knikte om haar zus te laten zien dat dit inderdaad Randy was. Zou haar leven op school veranderen nu Randy er was?

Die avond wilden haar ouders en zus alles weten over Randy. Haar moeder vroeg hoe het was gegaan.

"Heel goed," antwoordde Diane. "Randy moet heel erg wennen aan de Nederlandse school en loopt op sommige vakken ook wel wat achter. Vooral bij geschiedenis en Nederlands had hij wat moeite."

"Hij komt uit de Verenigde Staten, toch?" vroeg haar moeder. Diane knikte.

"Dan zou hij jou kunnen helpen met Engels. Daar ben je toch niet echt goed in?"

"Goed idee."

"Hij is wel een lekker ding," zei Ilona. "Dat zei ik toch al?"

Diane merkte dat ze bloosde. "Dat valt wel mee," probeerde ze nonchalant te zeggen.

"Je wordt rood!" lachte Ilona. "Ben je verliefd?"

Diane schudde haar hoofd. "Natuurlijk niet," zei ze.

"Ik zou het wel weten als ik de hele dag met zo'n jongen om moest gaan," zei Ilona.

Wauw. Vond echt iedereen Randy leuk? Het leek er haast wel op.

"Je straalt," zei haar moeder nu. "Ik ben blij dat je iemand hebt gevonden waar je het mee kunt vinden. We hoorden nooit iets over je klasgenoten en maakten ons een beetje zorgen."

"Er is niets waar jullie je zorgen om hoeven te maken," zei Diane en ze meende het. Ze had een topdag gehad vandaag en had zich al lang niet meer zo goed gevoeld. Dit gevoel mocht nog wel even aanhouden!

# 9.

De komst van Randy op school had veel goed gemaakt, wist Diane nog. Ze was echt verheugd geweest toen ze hem ontmoette en de periode erna hadden ze samen nog veel leuke dingen gedaan. Helaas was de komst van Randy geen reden geweest voor de rest van haar klasgenoten om haar minder te pesten. Ze bleef het middelpunt van de pesterijen. Randy daarentegen werd niet gepest. Hij leek het met iedereen in de klas goed te kunnen vinden. Daar was Diane altijd een beetje jaloers op geweest.

Nu de confrontatie met Sally zo tegen was gevallen, had ze behoefte aan haar oude schoolvriend. Ze was altijd verliefd geweest op Randy, al had ze het hem nooit laten merken.

Ze wilde onaangekondigd naar hem toe. Het leek haar geen goed plan eerst te bellen. Misschien durfde ze daarna niet meer. Daarom reed ze die avond met de bus naar de straat waar Randy woonde. Misschien was hij niet thuis, of misschien wilde hij haar helemaal niet meer kennen. Toch hoopte ze dat hij er wel was en dat hij haar graag wilde zien.

De bus stopte na een tijdje bij de juiste straat. De straat lag vlakbij het grote bos, een prachtige locatie. Diane stapte uit en voelde zich zenuwachtig worden. Niet zoals ze bij Sally had gedaan. Het was een ander gevoel. Ze zou een oude goede vriend terugzien.

Het huis had ze al snel gevonden. In de tuin stond een groot bord met 'Randy Brown Schilders – voor al uw schilderklussen'. Hier woonde hij. Zou hij thuis zijn? Ze liep het pad op en met een trillende drukte ze op de bel.

Binnen hoorde ze wat gestommel. Het duurde even voor de deur open ging. Het was Randy. Hij was niet veel veranderd. Zijn haar was nog steeds blond en kwam nog steeds net over zijn oren, zijn blauwe ogen straalden. Alleen zijn zongebruinde huid was een stuk minder bruin.

"Diane?" vroeg hij verbaasd. Hij sprak haar naam nog steeds in het Engels uit.

"Inderdaad." Ze vond het leuk dat hij haar meteen herkende.

"Dat is lang geleden! Ik had niet verwacht je ooit nog een keer te zien."

Diane bloosde. "Sorry," zei ze. Na haar verhuizing had ze nooit meer contact opgenomen met Randy. Ze had het wel beloofd. En hij wist niet eens waar ze naartoe was gegaan.

"Wil je binnenkomen?" vroeg Randy.

Diane knikte.

Hij hield de deur voor haar open en ze liep naar binnen. "Ik zag dat je een eigen bedrijf hebt," zei ze.

"Het stelt niet zo veel voor," antwoordde hij bescheiden. "Ik verf ramen, kozijnen, huizen. Van alles eigenlijk."

"Ik zag het op je website," glimlachte Diane.

Ze liepen de woonkamer in. Het zag er sfeervol uit en was netjes opgeruimd. Niet meteen wat ze verwachtte van een man, maar aan de andere kant verbaasde het haar ook helemaal niets. Hij was altijd al best netjes geweest.

"Wil je iets drinken?" vroeg Randy. "Koffie of thee?"

"Thee graag."

"Ga zitten. Ik zet wel wat thee."

Diane ging op de bank zitten en keek eens goed om zich heen. Boven de televisie hing een surfbord aan de muur. Verder herkende ze weinig van haar oude schoolvriend.

Niet veel later kwam Randy terug met twee koppen thee. Hij ging zitten en wees naar de suikerpot op tafel.

"Waarom ben je teruggekomen?" vroeg hij.

"Dat is een lang verhaal," antwoordde ze. "Ik wilde een gedeelte van mijn leven afsluiten. Ik wilde mijn oude klasgenoten zien die me altijd zo hebben gepest."

"Jeroen en de gang," zei Randy. "Ze hebben je het leven behoorlijk zuur gemaakt."

"Inderdaad, en dat merk ik nu nog," zei ze. Ze deed wat suiker in haar thee en roerde. "Ik ben erg onzeker en het beheerst mijn leven. Daarom wil ik ze weer zien. Kijken of het een goede afsluiting kan vormen."

"Heftig," zei hij. "En ik dan? Ik heb je toch nooit gepest?"

Diane grinnikte. "Nee, jou wilde ik gewoon weer zien."

Hij glimlachte. "Leuk," zei hij. "En ben je al geslaagd?"

"Ik heb Sally gesproken. Ze kon zich niks meer van me herinneren. Dat viel dus erg tegen."

"Dat kan ik me voorstellen."

"De rest heb ik helaas niet kunnen vinden en op school wilden ze me geen adressen geven. Dus hier houdt het op."

Randy knikte bedachtzaam. "Ik ben blij dat je mij wel hebt kunnen vinden," zei hij. "Ik heb me vaak afgevraagd hoe het nu met je gaat."

"Echt?" Dat verwonderde haar. "Ik heb ook vaak aan jou gedacht," zei ze. "Ik dacht dat je misschien terug naar Amerika was gegaan."

Randy lachte. "Ik kom er nog steeds een paar keer per jaar om te surfen."

Diane keek even naar het surfbord dat aan de muur hing. "Leuk dat je dat nog steeds doet," zei ze.

"En wat doe jij tegenwoordig?" Hij nam een slok van zijn thee.

"Ik schilder ook," zei ze lachend. "Geen huizen. Ik schilder op doeken."

"Ben je kunstenaar?" Hij floot tussen zijn tanden door. "Kun je daar wel van rondkomen?"

"Ik heb mijn eigen atelier," antwoordde ze. "In Amsterdam. Mijn schilderijen worden redelijk verkocht."

"Wat gaaf. En nu zit je hier in de Veluwe."

"Ook genoeg mooie plekken om te gaan schilderen," zei ze. Ze lachte. Hij ook. Wat was het fijn dat ze hem weer zag! Het voelde even prettig als voorheen. Alsof ze elkaar nooit uit het oog waren verloren. Alsof ze elkaar nog dagelijks spraken. Het was jammer dat ze vijftien jaar hadden gemist.

"Je ziet er anders uit," zei Randy nu. "Heb je een beugel gehad?"

"Inderdaad. Vlak na mijn verhuizing. Mijn nieuwe tandarts vond dat ik een beugel nodig had. Ik ben hem er nog steeds dankbaar voor."

"Je haar heeft ook een andere kleur," merkte hij op.

"Verf," lachte ze. "Dat past wel bij een kunstenares."

Hij lachte weer. Zijn lach was nog even mooi als vroeger. Diane herinnerde zich hoe de hele klas naar hem keek wanneer hij lachte. Alle meiden wilden maar wat graag bij hem zijn en toch koos hij er telkens weer voor om naast haar in de les te zitten. Ook zocht hij haar op de in pauze. Hoe jaloers waren de meiden werkelijk op hen geweest?

"Hoe lang blijf je hier?"

"Ik heb voor een week een hotel geboekt," zei Diane. "Ik was van plan om misschien langer te blijven, maar mijn zoektocht is nu klaar."

"Misschien kunnen we nog een keer een ijsje eten, net als vroeger," stelde Randy voor.

Diane zag hen weer zitten bij de ijssalon, ieder met een lekker ijsje. Het Italiaanse ijs smaakte heerlijk en de salon was bij iedereen zeer geliefd. "Ja, dat lijkt me erg leuk."

"Wat ga je nu doen hier, nu je niet meer kunt afmaken waar je eigenlijk voor kwam?"

"Ik ben bezig aan een schilderij," zei Diane. "Met die smoes ben ik ook hierheen gegaan. Mijn vrienden en familie hoefden niet te weten wat ik echt kwam doen."

"Dit is iets voor jezelf," begreep Randy.

Diane knikte. Hij had haar altijd al begrepen en ze vond het fijn dat ook nu het geval was.

"Ik ben best benieuwd naar je schilderijen," zei Randy. "Heb je een website?"

Diane noemde haar site en Randy liep naar de laptop om het adres in te typen. Ze kwam bij hem staan en keek over zijn schouder mee. Ze kon zijn aftershave ruiken. Het liefst had ze haar armen om hem heengeslagen, maar ze durfde niet. Ze was nooit zo goed geweest bij mannen. Dat kwam ook door de pesterijen. Ze had wel een paar vriendjes gehad, maar echt serieus werd het niet, omdat ze bang was hen dichterbij te laten komen. Die onzekerheid was vaak erg vervelend, want ze twijfelde telkens aan zichzelf. Dat gebeurde ook bij haar schilderijen: dat merkte ze nu al. Het was doodeng dat Randy haar site bezocht en naar de kunstwerken keek die op het internet stonden. Wat als hij het niet leuk vond? Wat als hij haar maar een flutartiest vond?

"Het is mooi," zei hij. "Je schildert met veel diepgang."

Diane glimlachte. Het was leuk om te horen dat hij haar werk mooi vond. "Dank je," zei ze dan ook. Het bleef raar dat mensen haar complimentjes gaven. Daar was ze niet aan gewend. Ook niet bij Randy.

Ze hoorde geluiden in de gang. Randy keek op. "Een momentje," zei hij. Hij liep weg. Diane ging ondertussen weer op de bank zitten en nam een slok van haar thee.

"Hoi lieverd," hoorde ze Randy op de gang zeggen.

Lieverd? Tegen wie had hij het? Diane spitste haar oren. Ze hoorde een vrouwenstem: "Dag schat. Ik ben blij dat ik er eindelijk ben. Die man bleef maar doorpraten, heel vervelend."

"We hebben visite," zei Randy. "Je raadt nooit wie het is."

"Wie is het dan?"

"Kom maar mee."

Diane voelde zich ongemakkelijk worden. Randy had niets gezegd over een 'lieverd'. Ze had hem er trouwens ook niets over gevraagd. Ze keek om zich heen. Geen foto's.

De deur ging weer open. Randy kwam naar binnen en achter hem liep iemand. "Iris, dit is Diane. Je kent haar vast nog wel, ze zat bij ons in de klas."

"O ja, dat is waar ook."

"Diane, dit is Iris. We zijn vorige zomer getrouwd."

Diane hapte naar adem. Het was Iris inderdaad. Iris, één van de vijf pestkoppen. Dit had ze echt nooit verwacht. "Ik…" stamelde ze.

Iris stak haar hand uit om die van Diane te schudden. "Ik was je alweer bijna vergeten," zei ze. "Hoe gaat het met je?"

Diane kon geen antwoord geven. Ze reageerde niet eens op Iris' uitgestoken hand. Ze had best kunnen weten dat Randy ondertussen iemand had gevonden waar hij gelukkig mee was, maar moest dat echt met Iris zijn? Hij wist toch wat ze haar had aangedaan? Ze hadden het er net zelfs over gehad! Goed, Randy had alleen Jeroens naam genoemd, maar hij wist toch hoe het vroeger zat? Wat zag hij eigenlijk in Iris? Zo leuk was ze helemaal niet.

"Diane?" Randy keek haar vragend aan.

"Ik… ik moet gaan," stamelde ze.

"Wat is er?"

"Ik moet echt gaan." Ze stond op. "Het spijt me."

"Je hebt je thee nog niet eens op."

"Sorry," herhaalde Diane. Ze stond op en liep naar de deur. Zonder nog iets te zeggen ging ze weg.

"En onze afspraak dan bij de ijssalon?" hoorde ze Randy nog. Ze negeerde hem en liep de straat uit. Ze vocht tegen haar tranen. Ze wilde beslist niet huilen! Waarom was ze zo stom geweest en had ze gedacht dat Randy meteen als een blok voor haar zou vallen? Het meest pijnlijke was nog wel dat hij met Iris was getrouwd. Waarom nou juist met haar? Ze wilde niet meteen terug naar het hotel. Daarom ging ze richting het bos. Ze moest echt even tot rust komen en het laatste wat ze wilde was huilen in de bus. Ze zag alle vragende blikken al voor zich. Nee, dat wilde ze niet. Ze moest even tot zichzelf komen. Het bos was dichtbij en er was vast een bankje waar ze kon zitten. Ze liep het bos in haalde diep adem. Hoe had dit zo kunnen lopen? Wat een waardeloze dag! Eerst Sally, nu Randy. Hoe had ze ooit kunnen denken dat het een goed idee was om haar oude klasgenoten op te zoeken? Hoe had ze hier ooit aan kunnen beginnen? Misschien moest ze morgenvroeg maar uitchecken en naar huis gaan. Het had toch geen nut. Ze had gedacht dat alles perfect zou lopen: haar klasgenoten zouden hun excuses aanbieden en Randy was absoluut niet getrouwd met Iris. Helaas had ze niet beter nagedacht voordat ze hierheen ging. Haar zus en haar beste vriendin zouden haar ongetwijfeld voor gek verklaren als ze wisten wat haar plan was geweest. En nu liep ze hier in het bos. Eenzaam, net zoals ze zich vroeger had gevoeld.

# 10.

Het had blijkbaar niet al te lang geleden geregend, want er lag veel modder in het bos, maar Diane nam niet de moeite om het te ontwijken. Ze liep erdoor, want het maakte haar weinig uit of haar schoenen vies werden. Nu ze alleen in het bos liep, liet ze haar tranen de vrije loop.

Wat was ze stom geweest! Het was haar eigen schuld dat Randy nu met Iris was getrouwd. Zij was jaren geleden verhuisd en had nooit iets van zich laten horen. Natuurlijk ging Randy verder met zijn leven. Had ze werkelijk anders verwacht?

Ze stopte met lopen en zuchtte diep. Op dat moment voelde ze opeens iets in haar rug. Twee armen die haar een flinke duw gaven. Ze viel voorover, de modder in. Tijdens de val schoot het door Diane heen dat Iris haar oude vrienden had laten weten wat er was gebeurd. Jeroen wist dat ze er was. Of misschien had hij het niet van Iris, maar van Sally. Hij was haar gevolgd en had haar geduwd. Net als vroeger.

Diane krabbelde overeind. Haar kleren waren smerig. Alles zat onder de modder. Ze keek op, om oog in oog te staan met Jeroen. Het bleek echter Jeroen niet te zijn. Het was zelfs geen mens. Er zat een enorme hond naast haar, met een kwispelende staart. Het dier liep op Diane af toen ze opstond.

"Ice! Wat heb je nou dan gedaan!" klonk een mannenstem.

De hond, blijkbaar Ice, hield zijn kop omlaag, alsof hij door had dat hij dit niet had mogen doen. Er kwamen voetstappen en Diane keek op om te zien wie de eigenaar van de hond was.

"Het spijt me zo!" De man pakte de hond bij zijn halsband en deed de riem om. "Ik had niet door dat er iemand was. Ice kan nogal enthousiast zijn."

"Het geeft niet." Diane keek nog een keer naar haar kleren. Alles was vies. Ook haar armen zagen er niet uit. Wat een ramp!

"O jee, je zit onder de modder," zei de man. "Woon je hier in de buurt?"

"Ik zit een weekje in een hotel."

"Welk hotel?"

Diane noemde het hotel waar ze overnachtte. Ze keek even goed naar de man. Hij zag er best goed uit. Hij was ruim een kop groter dan zij en had lang donker haar dat in een paardenstaart zat. Hij had een stoppelbaardje en had zo een wat ruige uitstraling, maar tegelijkertijd ook iets zachts.

"Dat hotel is ontzettend ver hier vandaan. Ik woon aan de rand van het bos. Je kunt je wel even opfrissen. Ik heb wel wat kleding voor je die je kunt lenen."

Diane aarzelde. Ze ging niet graag met wildvreemden mee. Maar hij had wel gelijk: het hotel was niet echt in de buurt en ze vroeg zich af of de buschauffeur haar überhaupt in de bus zou laten. De enige die ze in de buurt kende was Randy en daar wilde ze helemaal niet heen. "Bedankt, dat wil ik graag," zei ze.

"Het spijt me echt ontzettend," zei de man. "Ice kan behoorlijk enthousiast zijn. Hij heeft niet altijd door hoe groot hij is."

"Wat is het voor een hond?" vroeg Diane. Ze keek naar het dier. Hij was inderdaad erg groot en het was niet vreemd dat ze om was gevallen toen hij tegen haar rug aansprong.

"Hij is een Newfoundlander," was het antwoord.

Daar had Diane wel eens van gehoord en ze wist dat het inderdaad grote honden waren. Ze had er alleen nooit een gezien.

De man keek haar aan. "Gaat het wel?" vroeg hij. "Heeft Ice je pijn gedaan?"

Ze schudde snel haar hoofd. Meer wilde ze niet zeggen.

Ze waren al vrij snel bij het huis. Het was maar een klein huis, maar de tuin was gigantisch. Diane begreep dat Ice hier prima rond kon rennen. Een grote hond paste zelfs wel bij dit vrijstaande huis.

"Ik zal je laten zien waar de badkamer is," zei de man. Hij opende de deur en liep met haar de trap op. "Ik heb een joggingbroek en een sweatshirt. Is dat in orde?"

Diane vond alles best. Haar kleren plakten ondertussen en ze wilde ze maar wat graag uittrekken. Hij overhandigde haar de kleren en wees de badkamer aan. "Ik zit beneden. Zal ik wat te drinken klaarzetten? Koffie?"

"Thee graag."

"Goed. Kom maar naar beneden als je klaar bent."

Diane knikte en liep de badkamer in. Het was een kleine badkamer en duidelijk de badkamer van een vrijgezel. Er waren alleen wat mannenproducten te vinden. Jammer: ze had graag wat deodorant op gedaan om minder te stinken. Ze keek in de spiegel: wat zag ze er vreselijk uit. Haar gezicht zat vol modderspetters en haar kleding was niet veel beter. Snel trok ze haar kleding uit, om daarna de joggingbroek en het sweatshirt aan te doen. Ze waste haar gezicht en handen, daarna vond ze een handdoek in het kastje. Ze was deze man erg dankbaar voor zijn hulp.

Toen ze zich had opgefrist ging ze naar beneden. Er stond een kop thee voor haar klaar en ze besefte dat ze best dorst had gekregen. De man zat op de bank en Ice lag in zijn mand. De hond keek onderzoekend naar haar.

"Nogmaals sorry," zei de man. "Ik schaam me kapot."

"Het kan gebeuren," zei ze. "Ik schrok wel even, maar het is niet erg."

"Zeker weten?" vroeg hij. "Je huilde daarstraks wel."

"Dat kwam niet door Ice," zei ze. Ze begreep dat ze kort moest uitleggen wat er was gebeurd. "Ik was bij een oude vriend en hij blijkt getrouwd te zijn met iemand waar ik het nooit mee kon vinden." Zo, dat had ze toch goed samengevat.

"Dat moet vast een schok zijn geweest," zei hij.

Diane knikte. Het was ergens wel een opluchting om met iemand erover te kunnen praten. "Ik was vroeger verliefd op hem," zei ze eerlijk. "Dat maakte het zo zwaar. Ik had er geen idee van."

"En dan heb je ook nog een lompe hond die tegen je opspringt," zei de man. "Je hebt duidelijk je dag niet."

"Je moest eens weten," zei Diane. Ze dacht terug aan de confrontatie met Sally, die ook al rampzalig was verlopen. Deze dag kon niet heel veel erger worden.

"Ik geloof dat we ons nog niet netjes hebben voorgesteld," zei de man nu. Hij stak zijn hand uit. "Ik ben Jesse Eggen."

Het kon dus tóch veel erger worden, begreep Diane. Ze zat verstijfd op de bank. Net had ze hetzelfde gehad met Iris. Al had ze Iris wél meteen herkend. Jesse was heel erg veranderd! Hij was niet meer zo iel als vroeger. "Je maakt een grapje," zei ze. "Heeft Iris je soms gestuurd?"

Jesse trok één wenkbrauw op. "Wat bedoel je? Wie is Iris?"

"Je weet best waar ik het over heb!" Diane merkte dat ze kwaad begon te worden. "Was het Iris? Of Sally misschien?"

"Sally?"

"Ja! Sally!" Diane had nog nooit eerder zo'n grote mond gegeven aan één van de pestkoppen, maar nu was ze zo vreselijk kwaad, dat ze zich niet langer meer kon inhouden.

"Wie ben jij?" Jesse keek haar vragend aan.

"Dat weet je best!"

"Nee, ik heb geen idee. Je komt me vaag bekend voor maar…"

"Diane!" riep Diane uit. "Je weet best wie ik ben." Na die woorden stond ze op. Klaar om weg te gaan. Hier had ze echt geen zin in.

Jesse pakte haar echter vast bij haar schouder en hield haar tegen. "Diane?" vroeg hij.

"Laat me los."

"Ik had het niet door," zei hij. "Ik weet niet wat er is met Sally en Iris, maar ik heb er niets mee te maken."

"Laat me los," herhaalde Diane.

"Ik wil weten wat er aan de hand is," zei Jesse. "Je begint opeens tegen me te schreeuwen, maar ik begrijp het niet."

"Ben je het vergeten?" vroeg ze. "Net als Sally?"

"Nee, ik ben het niet vergeten," antwoordde Jesse. "Ik heb het je ontzettend moeilijk gemaakt in de brugklas."

"Waarom doe je dan zo onschuldig?"

"Je zegt dat Sally of Iris me gestuurd heeft," antwoordde hij.

"Wat bedoel je daarmee?"

"Het is vast geen toeval dat je hond me omver duwde, net nadat ik Iris heb gezien."

"Ik heb Iris al jaren niet meer gesproken," zei Jesse. "Sally ook niet. Ice had niet tegen je aan moeten springen. Ik heb hem daar geen opdracht voor gegeven."

"Ik geloof er niets van."

"Ga eens zitten."

Diane schudde haar hoofd. "Het lijkt me beter als ik ga."

"Ik heb liever dat je even blijft." Het klonk niet bot, maar zacht en vriendelijk. Dat verwarde Diane. Zonder dat ze het wilde ging ze inderdaad zitten.

"Ik weet niet wat er aan de hand is, maar ik wil het wel graag weten," zei Jesse.

Diane wist niet meer hoe ze moest reageren. "Jij hebt..."

"Zonder verwijten graag," onderbrak hij haar. "Begin bij het begin?"

Ze aarzelde, maar bedacht toen dat ze hier was gekomen om onder andere Jesse onder ogen te zien. Dit was toch haar doel van de zoektocht? Daarom besloot ze dit gesprek toch een kans te geven. Jesse wist in ieder geval wie ze was: Sally had haar niet eens herkend. En ze had nu toch al een vreselijke dag, veel erger kon het niet meer worden.

"Ik ben teruggekomen, om mijn verleden onder ogen te zien," zei ze voorzichtig. "Ik zocht jou ook, om te vertellen wat je me vroeger hebt aangedaan."

"Dat vind ik dapper van je." Hij leek het te menen.

"Ik heb Sally al gesproken vanmiddag en daarna ben ik naar Randy gegaan," ging ze verder.

"Je kon het toch goed met Randy vinden? Of heeft hij je ook gepest?"

"Nee. Ik wilde hem graag zien," legde ze uit. "En nu blijkt dat hij getrouwd is met Iris. Daar schrok ik van, dus ik ben weggerend en toen kwam ik jou tegen. Het kan dus niet anders dan dat Sally of Iris je heeft ingelicht dat ik hier ben."

Jesse schudde zijn hoofd. "Ik zei het net ook al: ik heb ze allebei al jaren niet meer gesproken."

"Je woont anders heel dichtbij Iris," ging ze ertegenin. Nog nooit was ze zo fel tegen hem geweest, en dat voelde goed.

"Ik ken haar echt niet," zei Jesse.

"Hoe kan het dan dat je uitgerekend nu in het bos was?" vroeg ze.

"Ik loop met Ice minstens vier keer op een dag door het bos," zei Jesse. "Ik woon aan de rand van het bos.

Ze snoof. Ze geloofde er maar weinig van.

"Maar je kwam hier dus om mij te vertellen wat ik je heb aangedaan?" Hij keek haar lang en doordringend aan. "Ik kan me alleen maar voorstellen dat je door een hel bent gegaan, maar vertel het me alsjeblieft."

Diane keek hem stomverbaasd aan. Dit had ze niet verwacht.

"Ik ben me er heel erg van bewust dat ik me vreselijk heb gedragen," ging hij verder. "Ik kan me voorstellen dat het veel invloed op je heeft gehad, maar hoe erg het werkelijk was, dat weet ik niet."

"Het was rampzalig," zei ze. "Ik ging niet met plezier naar school." Ze vertelde hoe ze het ervaren had dat de groep haar altijd opwachtte. Ook had ze het over haar angsten, waar ze dagelijks mee te maken had. Jesse luisterde alleen maar en keek haar zwijgend aan. "En hoe gaat het nu met je?" vroeg hij.

"Redelijk," gaf ze toe. "Ik maak schilderijen en dat gaat best goed. Alleen ik ben erg onzeker. Dat is een nasleep van de pesterijen. Ik ben altijd bang dat mijn werk niet goed is, of dat mensen me niet aardig vinden."

"Na al die tijd nog steeds?" vroeg Jesse. "Het is nu al… hoelang geleden?"

"Vijftien jaar," zei ze. "En ja, ik heb er nog steeds last van."

Jesse beet op zijn lip en keek haar een tijd aan. "Zijn de pesterijen de reden geweest dat je weg ging?"

Ze schudde haar hoofd. "Mijn vader kreeg een baan in Amsterdam. We moesten weg. Maar het was wel een fijne bijkomstigheid."

"Je zult er waarschijnlijk niets aan hebben, maar het spijt me enorm," zei Jesse nu. "Ik was een rotzak en ik had je nooit zoveel pijn moeten doen."

"Meen je dat nou?"

"Ja."

Diane wist niet goed hoe ze moest reageren. Na het teleurstellende gesprek met Sally en de onverwachte ontmoeting met Iris, had ze dit niet zien aankomen.

"Ik had je nooit zo moeten pesten," zei hij. "Dat verdiende je niet."

Diane dacht diep na. Het klonk gemeend, maar hoe wist ze dat zeker? Er was vooral één vraag die voor haar van belang was en daarom stelde ze hem ook. "Waarom?" vroeg ze. "Waarom heb je het gedaan?"

Nu zweeg Jesse. "Ik denk omdat ik erbij wilde horen," zei hij. "Ik had een paar goede vrienden gemaakt en wilde ze niet kwijt raken."

Diane dacht daar even over na. "Waren ze wel echt vrienden dan?"

Hij haalde zijn schouders op. "Zo zag ik dat wel."

"Nu niet meer?"

"Niet echt. Ik kwam tot de ontdekking dat ze er niet voor me zijn wanneer ik ze nodig heb," zei hij.

Ze keek hem vragend aan.

"Mijn vader is vijf jaar geleden overleden. Ik kreeg niet de steun waar ik op gehoopt had."

Ze wist niet wat ze moest zeggen. "Het lijkt me vreselijk om je vader kwijt te raken," zei ze na een tijdje.

"Dat is het ook," zei hij. "Ik heb me vooral heel alleen gevoeld toen ik ontdekte dat ik geen echte vrienden had. Dat was pijnlijk."

"Ik begrijp het." Diane wist maar al te goed hoe het was om je alleen te voelen. Ze keek naar hem. Hij was echt enorm veranderd, geen wonder dat ze hem niet had herkend. Ze had nooit verwacht een gesprek met hem te hebben zoals ze nu had.

"Ik heb nooit achter de pesterijen gestaan," zei hij nu.

"Waarom schold je me dan uit voor paardenbek?" vroeg ze. "En duwde je me?"

Jesse schudde zijn hoofd. "Sally en Jeroen noemden je Paardenbek en Jeroen duwde je regelmatig. Ik heb die dingen nooit gedaan."

Diane dacht terug aan de tijd dat ze gepest werd. Ze kon zich inderdaad niet herinneren dat Jesse haar Paardenbek had genoemd of dat hij haar had geduwd. Er was alleen één ding dat haar niet duidelijk was. "Jullie zaten vaak achter me," zei ze. "Jeroen en jij. Ik voelde regelmatig dat iemand met een pen of potlood in mijn rug prikte. Wie was dat?"

"Jeroen."

"Jij hebt dat nooit gedaan?"

"Nee."

"Maar je was niet onschuldig," zei ze nu. "Je hebt wel dingen gezegd en gedaan."

"Dat klopt," zei hij. "Daar ben ik me heel erg van bewust."

Diane keek naar haar thee. Die zou nu onderhand wel koud zijn geworden.

"Wil je nieuwe thee?" vroeg Jesse.

Ze schudde haar hoofd. "Ik denk dat ik terug moet gaan naar het hotel," zei ze. "Het begint al laat te worden." Ze keek naar de kleding die hij haar had geleend. "Ik kom dit binnenkort wel terugbrengen," beloofde ze.

"Geen probleem," antwoordde hij. "Ik hoop dat je wat meer rust hebt nu."

Daar had ze geen antwoord op. Ze wist nog niet wat ze van het gesprek moest denken. "Bedankt," zei ze voorzichtig. Ze liep naar buiten en nam afscheid van hem.

Ze liep naar de bushalte en haalde diep adem. Dit was een hele vreemde dag geweest. Het was misschien beter als ze ophield met deze zoektocht. Toegegeven, bij Jesse was het enigszins meegevallen, maar ze kon deze stress niet aan. Ze wist niet eens zeker of hij de waarheid wel had gezegd. Had hij werkelijk spijt? Het was te moeilijk, al die confrontaties. Waarom had ze eigenlijk gedacht dat het iets zou oplossen? Misschien kon ze beter ophouden en vergeten waarom ze hier kwam.

De bus kwam eraan en Diane stapte in. Onderweg dacht ze aan alle gebeurtenissen deze dag. Morgen zou ze de kleren van Jesse voor zijn deur leggen. Daarna kon ze de rest van de tijd besteden aan het maken van haar nieuwe schilderij. Dat was altijd beter dan waar ze nu aan begonnen was.

# 11. Vijftien jaar geleden

*4 december*

Diane had een echte vriend erbij gekregen. Ze kon het heel goed vinden met Randy en zat bij veel lessen naast hem. Ze betrapte zich erop dat ze steeds vaker naar hem keek en dat ze veel over hem dagdroomde. Ja, ze was echt verliefd op hem geworden.

Randy klaagde veel over de kou. In Californië was het lang niet zo koud, vertelde hij op die momenten. En dan luisterde Diane met veel plezier naar zijn verhalen over Amerika. Ook had ze hem alles verteld over Sinterklaas. Het was voor hem niet helemaal onbekend: zijn moeder had het er wel eens over gehad. Toch vond hij Sinterklaas maar vreemd: hij was opgegroeid met de kerstman. Het was fijn om iemand op school te hebben die haar niet zo pestte. Want de pestkoppen gingen door, ze bleven Diane achtervolgen na schooltijd en maakten talloze opmerkingen. Randy steunde haar geregeld wanneer ze zich onzeker voelde, of wanneer ze weer eens gepest werd. Het was fijn om iemand te hebben. Al vond ze het soms ook vervelend als ze Randy bij Jeroen en Jesse zag zitten.

Het was de Engelse les en Diane besloot om eens te vragen of ze iets buiten school konden doen. Eigenlijk zagen ze elkaar alleen op school. "Ik heb erg veel moeite met de stof," zei ze tegen hem. "Heb jij binnenkort misschien tijd om me te helpen?"

"Natuurlijk!" zei hij. "Jij hebt mij ook geholpen."

Diane voelde dat ze rood werd. Het was best spannend dat hij ja had gezegd, al wist ze dat ze zich er waarschijnlijk weinig van voor moest stellen. "Ga je dan mee naar mijn huis?" stelde ze voor. Dat zou ook meteen een voordeel zijn: ze zou een dag niet achterna gezeten worden door de pestkoppen. Randy moest namelijk altijd de andere kant op, dus was er niet bij wanneer de groep achter Diane aankwam.

"Zal ik vanmiddag met je meegaan?" stelde Randy voor.

Nu leken de wangen van Diane echt te gloeien. Ze leek wel een tomaat! "Leuk," zei ze. Deze kans wilde ze meteen grijpen.

De leraar keek hen even kwaad aan. Ze moesten hun mond houden. Diane kon het niet laten te glimlachen. Deze dag kon echt niet meer stuk! Ze zag Iris, die een paar rijen voor hen zat, omkijken. Ze keek Diane kwaad aan.

Waarschijnlijk had ze meegekregen dat Randy met Diane mee zou gaan. Iris leek het niet heel erg op prijs te stellen. Diane haalde haar schouders op en keek naar haar werkboek. Wat een rottaal was het toch. Gelukkig zou ze hulp krijgen.


"Waar denk je mee bezig te zijn?"

Het was Iris. Sally stond naast haar, met een gemene grijns op haar gezicht. Diane keek haar verbaasd aan. "Wat bedoel je?" vroeg ze. Ze keek om zich heen. Waar was Randy? Ze zag hem bij Jesse en Jeroen aan een tafeltje zitten.

"Ik weet niet wat je bedoelt," antwoordde Diane.

"Nee," zei Sally nu. "Dat weet je nooit. Ik heb het toch al eerder duidelijk gemaakt? Je bent te lelijk voor jongens. Haal het niet in je hoofd."

Iris knikte, om aan te geven dat ze het helemaal met Sally eens was. "Hij gaat alleen met je om, omdat hij medelijden met je heeft," zei ze.

Diane slikte. Was dat echt zo? Ze wist niet hoe ze moest reageren en zweeg daarom maar. Het liefst zou ze verdwijnen, zodat niemand haar zou zien.

"Kom, laten we maar bij Randy gaan zitten," stelde Sally voor. Ze keek Diane even dreigend aan. "Waag het niet om erbij te komen zitten."

Diane snapte er niks van. Een tijd terug kreeg ze het verwijt dat ze nooit bij hen zat en nu mocht ze niet aan het tafeltje zitten. Waar sloeg dit op? Ze keek Sally en Iris na die wegliepen, zonder nog een keer achterom te kijken. Ze zag Randy lachen om iets wat Jesse zei en ze zuchtte diep. Ze voelde een soort jaloezie opkomen. Het liefst was ze nu bij Randy, zonder de rest erbij. Waarom was hij de enige die haar een beetje begreep? Opnieuw voelde ze zich vreselijk alleen en ze had het idee alsof de hele school naar haar keek, omdat ze daar zo alleen stond. Daarom liep ze naar de wc. Ze ging een hokje binnen en bleef daar tot de bel ging die aangaf dat de pauze voorbij was. Wat voelde ze zich vreselijk. Het was maar goed dat niemand haar nu kon zien.

Ze liep de woonkamer in. Ilona zat gelukkig nog op school en haar ouders waren aan het werk. "Ga zitten," zei ze tegen Randy. "Wil je iets te drinken?" Ze had hem niets verteld over het voorval met Sally en Iris. Het verbaasde haar zelfs dat hij aan het einde van de dag met haar meeging. Ze had echt gedacht dat Sally zo op hem zou inpraten dat hij toch niet met haar meeging. Hij keek om zich heen. "Ja, lekker. Heb je cola?"

Diane knikte. Ze ging de keuken in en schonk de cola in. Ze voelde zich erg ongemakkelijk. Dit was voor het eerst sinds ze op de middelbare school zat dat ze iemand mee naar huis nam. En het was ook nog eens Randy. Het was vreemd dat ze nu voor het eerst echt alleen met hem was. Op school waren ze ook wel vaak samen, maar toch was dat anders dan nu.

Ze liep naar de woonkamer met de cola en haalde diep adem. "Zullen we maar meteen beginnen?" vroeg ze. "Dan pak ik mijn lesboek."

Randy hield haar tegen. "Zet de televisie eens aan," zei hij.

"Waarom?" Diane keek hem vragend aan.

"Je wilt toch Engels leren? Ik ga je helpen."

Diane trok haar wenkbrauwen op, maar deed toch wat hij vroeg. Ze gaf hem daarna de afstandsbediening. Randy zocht een zender, tot hij terecht kwam bij de BBC. Er was een kinderprogramma op.

"De eerste stap om Engels te leren, is om het veel te horen," zei hij. "Een kinderprogramma is misschien een beetje kinderachtig, maar het is wel makkelijk Engels. En het is leuker dan uit een boek leren."

Diane wist niet goed wat ze hiervan moest denken, maar ergens klonk het wel logisch. Daarom keken ze samen naar het programma. Verrassend genoeg kon ze het toch best goed volgen. Soms begreep ze een woord niet, maar toch kon ze door de dingen die ze zag, begrijpen waar het over ging. Het verbaasde haar.

"Ik heb ook nog videobanden meegenomen uit Amerika," zei Randy na een tijdje. "Het zijn Disneyfilms, allemaal in het Engels."

"Ik ken ze alleen in het Nederlands," zei Diane.

"Nog beter," vond hij. "Dan weet je al wat er ongeveer wordt gezegd en kun je het Engels beter volgen. Je mag de films wel van me lenen."

Ze bleven naar de tekenfilmpjes kijken en praatten ondertussen wat met elkaar. Het was erg gezellig: heel anders dan op school.

"Word je er nou nooit gek van dat iedereen zo raar tegen je doet?" vroeg Randy na een tijdje.

Diane aarzelde. "Jawel," zei ze.

"Waarom stap je dan niet naar de mentor?"

Ze zweeg een tijdje en zei toen: "Dat heb ik al een keer gedaan," zei ze. "Ik ging naar meneer Havens en er werd niks gedaan."

"Helemaal niks?"

"Nee." Diane wist dat ze loog. Ze had zo'n goede band met Randy dankzij het gesprek. Toch was het misschien niet helemaal een leugen. De directeur had wel gezegd dat ze Randy de school moest laten zien en daar was ze hem ergens ook wel dankbaar voor, maar hij had niks gedaan tegen het pesten.

"Waarom probeer je het niet nog een keer?" stelde Randy voor. "Laat iemand weten wat er gebeurt. Misschien kan er dan iets aan gedaan worden."

Diane wist niet goed hoe ze moest reageren. Ze wist dat hij gelijk had: Ilona had het haar ook vaak gezegd.

"Weten je ouders het?" vroeg Randy.

"Nee." Ze keek hem geschrokken aan. Ze moest er niet aan denken dat haar ouders wisten wat haar klasgenoten deden.

"Waarom niet?"

"Ik wil niet dat ze zich zorgen maken," zei ze. "Zo erg is het allemaal ook weer niet."

"Iemand moet het weten."

"Jij weet het toch?" zei Diane. "En mijn zus weet het ook."

"Een volwassene," zei Randy. "Iemand die je kan helpen."

Diane haalde diep adem. Ze wist niet goed hoe ze moest reageren. Het was erg lief van hem bedoeld en ze vond het heel fijn dat hij haar wilde helpen.

"Misschien moet je eens proberen om met hen zelf te praten," zei Randy nu. "Ze zijn niet zo verkeerd. En jij ook niet. Misschien moeten jullie elkaar een kans geven."

Diane aarzelde. Ze had niet de indruk dat ze geaccepteerd werd door iemand uit de klas. De enige die echt met haar wilde praten was Randy. Wat had de rest toch tegen haar?

De deur ging open en Diane's moeder kwam binnen. Ze keek verbaasd naar Randy. "Hallo," zei ze.

"Goedemiddag," antwoordde Randy en hij stond op. Hij schudde de hand van Diane's moeder en stelde zich voor.

"Wat beleefd," vond deze. "En wat leuk om je eindelijk eens te ontmoeten. Ik heb al het een en ander over je gehoord."

Diane voelde dat haar wangen rood kleurden. Waarom moest haar moeder haar nou weer zo voor schut zetten! Randy mocht niet weten wat ze voor hem voelde.

"Ik help Diane met haar Engels," zei Randy. "Ze heeft mij al erg veel met andere vakken geholpen."

"Hopelijk gaan haar cijfers dan wat omhoog," zei Diane's moeder. "Ze kan wel wat hulp gebruiken."

Diane had het gevoel alsof ze door de grond kon zakken van schaamte. Ze was blij dat het Randy was die nu bij haar was. Als het Sally of Jeroen was geweest, dan had ze het zeker op school moeten horen.

Haar moeder wierp een blik op de televisie. "Is dit leren?" vroeg ze verbaasd.

Randy knikte. "Zo hoort ze het Engels op een leuke manier en leert ze zonder er erg in te hebben."

Diane's moeder liep de keuken in en Diane haalde opgelucht adem. Het was veel gezelliger met z'n tweetjes.

Toen Randy weg was en het gezin aan tafel zat, zei Diane's moeder: "Diane had ook een vriend op bezoek."

"Oh echt?" vroeg haar vader.

"Ja, die Amerikaanse jongen waar ze het vaker over heeft gehad," was het antwoord. "Randy heet hij."

"Wat leuk zeg. Is hij je vriendje?"

Diane verslikte zich bijna in haar hap sperzieboontjes. "Wat?" vroeg ze verbaasd. "Natuurlijk niet."

"Het is een leuke jongen," vond haar moeder. "Erg beleefd. En hij leert Diane wat Engels op een originele manier." Ze vertelde over de tekenfilms op BBC.

Diane voelde dat ze rood werd. Ze vond het helemaal niet prettig dat haar moeder dit allemaal vertelde. Het was haar middagje met Randy geweest. Zo bijzonder was dat toch niet? Goed, misschien ook wel. Randy was de eerste die mee naar haar huis was gekomen sinds ze op de middelbare school zat.

"Je moet hem vaker uitnodigen," vond Diane's moeder.

"Dat zie ik nog wel," mompelde Diane.

"Gewoon doen," vond Ilona. "Misschien maakt hij je nog populair op school."

Diane gaf haar zus een vernietigende blik. Hun ouders hoefden echt niet te weten dat ze niet populair was. Gelukkig leken haar ouders de opmerking niet mee te krijgen. Diane's vader vertelde zelfs over zijn dag op het werk. Gelukkig maar! Ze luisterde niet echt naar zijn verhalen, maar dacht vooral aan de middag die ze met Randy had gehad. Misschien moest ze hem inderdaad maar vaker uitnodigen. Maar niet als haar ouders er waren: ze keek wel uit!

# 12.

Diane had de volgende ochtend haar auto gepakt om naar het huis van Jesse te rijden. Ze had Sally bij de balie gezien en die had haar niet eens aangekeken. Ze vond het niet eens erg. Ze zou de kleren van Jesse in zijn tuin achterlaten en meteen weer vertrekken. Ze had de hele nacht amper geslapen en gedacht aan het gesprek met Jesse. Hoe had ze ooit kunnen denken dat het een goed idee was om hierheen te gaan? Ze was er helemaal niet aan toe om haar oude pestkoppen terug te zien. Waar was ze toch aan begonnen?

Ze parkeerde de auto in de straat van haar oude klasgenoot. Met knikkende knieën liep ze het pad over, richting zijn huis.

Ze legde de plastic tas met de kleren voor de deur en draaide zich om. Net toen ze weg wilde gaan, hoorde ze de deur opengaan.

"Diane, ik had niet verwacht je nog te zien." Het was Jesse.

Diane draaide zich om. Ze zag Jesse in de deuropening staan. Ice stond achter hem, kwispelend.

"Ik had toch beloofd de kleren terug te brengen?" Waarom was hij uitgerekend nu thuis?

"Dat klopt. Ik had alleen niet gedacht dat je je aan die afspraak zou houden," zei hij. "Je leek nogal van streek."

"Dat was ik ook," gaf ze toe. Ze wilde weglopen. "Bedankt voor de thee gisteren," zei ze.

"Kun je nog heel even wachten?" vroeg Jesse.

Diane zuchtte. Wat nu weer? Eigenlijk wilde ze niet wachten. Toch bleef ze staan, alsof de onzekerheid van vroeger weer helemaal terug was.

"Ik wil nog even met je praten, over je zoektocht."

"Waarom?"

"Ik weet waar Jeroen woont."

Diane aarzelde. Ze had zich voorgenomen om te stoppen met het terugzien van haar klasgenoten. Toch was het vooral Jeroen die ze terug had willen zien. Jeroen en Sally. Al was de kans natuurlijk groot dat ook dit weerzien zou tegenvallen.

"Dat hoeft niet," zei ze.

"Waarom niet?"

"Het heeft toch geen zin."

Hij keek haar aan. "Ik dacht dat je dit deed omdat je vrede met je verleden wilt," zei hij. "Je bent nu al zo ver. Het is toch zonde om op te geven?"

Het leek bijna alsof Ilona tegen haar praatte. Niet dat Ilona wist van haar plannen, maar waarschijnlijk zou ze precies hetzelfde hebben gezegd wanneer ze in de buurt was.

"Ik weet het niet," aarzelde Diane.

"Ik ga met je mee," zei Jesse nu. "Je hoeft je geen zorgen te maken."

Het klonk niet heel geruststellend dat Jesse mee zou gaan. Jesse was vaker beïnvloed door Jeroen. "Ik dacht dat je geen contact meer met ze had."

"Ik spreek onze oude klasgenoten nooit meer," knikte Jesse. "Maar Jeroen en ik sturen nog wel kerstkaarten naar elkaar."

"Ik weet het niet," aarzelde Diane.

"Viel het gesprek met mij tegen?" vroeg Jesse.

Daar moest ze over nadenken. Het was vooral onverwacht geweest en ze was erg geschrokken toen ze wist wie hij was. Toch was hij begripvol, luisterde hij naar haar en had hij zelfs aange-geven dat het nooit zijn bedoeling was haar te kwetsen. Dat had ze absoluut niet verwacht. "Nee, het viel niet tegen," zei ze dus. "Maar bij Sally wel."

"En Iris?"

"Iris heb ik niet gesproken. Al was ik wel heel erg van streek toen ik haar zag," gaf Diane. Ze zag nu pas in dat ze misschien behoorlijk overdreven had gereageerd. Haar emoties waren haar de baas geworden en ze had niet meer rationeel kunnen denken.

Ice was ondertussen de tuin ingelopen en hij plaste tegen een boom.

"Ga met me mee naar Jeroen," zei Jesse. "Geef niet nu op."

"Waarom wil je zo graag mee?" vroeg ze. "Heb je hem ingelicht over me?"

Jesse schudde zijn hoofd. "Hij weet van niks," zei hij. "Ik wil graag mee, om enigszins goed te maken wat ik vroeger heb ge-daan. Om te laten zien dat ik ook mijn goede kanten heb."

Diane aarzelde nog steeds. Was dit wel zo verstandig? Hoe zou ze reageren als ze oog in oog met Jeroen stond? Gek genoeg had ze zich dat nog niet eerder afgevraagd. Zelfs niet toen ze naar het dorp reed. Ze zag hoe hij haar afwachtend aankeek. "Oké," zei ze daarom.

"Nu?"

"Nu?" ze keek hem geschrokken aan. Daar had ze niet op gere-kend. "Het is een doordeweekse dag. Hij is vast aan het werk."

"Ik ben toch ook thuis?"

Diane beet op haar lip. Wat moest ze hier nou weer mee? "Hij is vast aan het werk."

"Geloof me, dat is hij niet. Zullen we gaan? Ik kan wel rijden."

Diane keek hem vol ongeloof aan. Dit moest een grapje zijn, toch? "En Ice dan?"

"Die redt zich wel."

"Maar…"

"Laten we gaan," onderbrak hij haar. "Hoe langer we wachten, hoe moeilijker het voor jou wordt." Hij riep Ice, die meteen terug naar binnen ging. "Kom mee."

Met het lood in de schoenen liep Diane achter hem aan. Dit was niet helemaal wat ze in gedachten had toen ze vanmorgen opstond. En eigenlijk wist ze niet of dit wel zo verstandig was.

"Waarom was je eigenlijk thuis?" vroeg Diane, toen ze in zijn auto zaten.

"Ik ben bosbeheerder," antwoordde Jesse. "Daarom woon ik ook zo dicht bij het bos."

"Kun je dan wel zomaar weggaan?" vroeg ze.

"Geen enkel probleem."

Diane zuchtte diep en speelde wat met haar vingers. "Waar woont Jeroen?"

"In een dorp hier vlakbij," was het antwoord. Hij zette de radio aan en rockmziek vulde de auto. Diane besefte dat ze er geen idee van had dat Jesse van dit soort muziek hield. Eigenlijk was hij een wildvreemde voor haar. Toch zat ze nu met hem in de auto.

"Heb je een beetje kunnen slapen vannacht?" vroeg hij boven de rockmuziek uit.

"Niet echt," gaf ze toe. "Ik heb veel gepiekerd."

"Misschien is het goed voor je om Jeroen te zien."

Ze kon het zich niet voorstellen. Het was nog steeds een raadsel waarom ze bij Jesse in de auto was gestapt.

"Ik heb je website gisteravond nog opgezocht," zei Jesse. "Je kunstwerken zien er indrukwekkend uit."

"Bedankt," zei ze. Het was een vreemd idee dat hij haar site had gezien. Vroeger toonde hij nooit interesse in haar.

Hij sloeg rechtsaf. Diane was nooit in dit dorp geweest, ondanks dat ze er zo dichtbij had gewoond. Eigenlijk kwam ze vroeger nergens. Ze ging ook nooit uit. Als ze al ergens kwam, dan was het samen met Randy.

De wijk waar ze nu door reden zag er slecht uit. De huizen waren niet goed onderhouden en de meeste tuinen stonden vol met onkruid.

"Waarom doe je dit voor me?" vroeg Diane nu. Ze vertrouwde het nog steeds niet helemaal. Waarom was ze met Jesse meegegaan?

"Ik heb iets goed te maken," was zijn antwoord. "Ik begrijp dat ik de pijn die ik je heb aangedaan niet kan wegnemen, maar ik kan je nu wel helpen."

Diane speelde wat met haar vingers. Het zou niet lang meer duren of ze stond oog in oog met Jeroen. Had ze hem niet het meeste gehaat in haar schoolperiode?

Jesse reed een zijstraat in en parkeerde de auto.

"Ben je er klaar voor?" vroeg hij.

Ze schudde haar hoofd. Hier kon ze nooit klaar voor zijn. Ze was doodsbang voor wat er ging gebeuren. Toch stapte ze uit en liep ze achter Jesse aan richting een huis. Het huis zag er niet groot uit en er stond veel rotzooi in de tuin. Ze zag een koelkast met de deur open. Het apparaat was waarschijnlijk kapot. Ook zag ze een aantal vuilniszakken. Woonde Jeroen hier? Ze kon het zich bijna niet voorstellen.

Jesse drukte echter op de bel. Er klonk wat gestommel vanuit het huis en Diane voelde dat het zweet in haar handen stond. De deur ging open en ze herkende Jeroen meteen. Hij was nog groter, nog breder en had een kale kop, waardoor hij er best bedreigend uitzag. Het paste bij de Jeroen die ze van vroeger kende.

Hij keek eerst naar haar en toen naar Jesse. "Jesse!" zei hij. "Dat is een leuke verrassing. Ik had je niet verwacht." Daarna keek hij weer naar Diane. "Wie is dit? Heb je een nieuwe vriendin?"

"Kunnen we binnenkomen?" negeerde Jesse de vraag.

"O. Nou…" Jeroen leek te aarzelen. "Het is een rotzooi hier."

"Geeft niks."

Jeroen hield de deur open. Jesse liep als eerste naar binnen en Diane ging achter hem aan. Ze was nog steeds zenuwachtig en wist niet wat ze moest denken van de hele situatie. In de woonkamer schrok ze een beetje: het was inderdaad een enorme rotzooi. Vuile kopjes stonden op de salontafel, papieren lagen op de bank en de eettafel was bezaaid met verpakkingen van verschillende fastfoodketens.

"Sorry," verontschuldigde Jeroen zich en hij haalde de papieren van de bank, zodat Jesse en Diane konden zitten. "Als ik had geweten dat ik visite kreeg…"

"Het geeft niet," zei Jesse.

"Ik heb alleen koffie. Willen jullie dat?"

Jesse stemde in, maar Diane weigerde. Ze hoefde hier niks te drinken. Het was hier te smerig. En trouwens: ze was ook veel te nerveus.

Toen Jeroen met de koffie kwam keek hij Diane opnieuw aan. "Ken ik jou al?" vroeg hij. "Je komt me vaag bekend voor."

"Ik ben Diane," antwoordde ze voorzichtig. Ze keek afwachtend naar hem, maar er ging blijkbaar geen belletje rinkelen.

"En je bent de vriendin van Jesse?"

Ze schudde haar hoofd.

"Wie ben je dan?"

"Ik heb vroeger bij je in de klas gezeten." Op de één of andere manier ging het haar makkelijker af om te zeggen wie ze was. Misschien omdat ze het ook al aan Sally en Jesse had verteld.

Jeroen keek haar een tijdje aan. "Sorry dat ik je niet herken," zei hij. "Ik heb echt geen idee wie je bent."

Diane slikte. Nu was het tijd om te zeggen waar ze voor gekomen was. Ze durfde niemand aan te kijken. Jeroen keek haar nu ongetwijfeld vragend aan en Jesse was misschien afwachtend. "Ik heb geen leuke herinneringen aan je."

"Niet?" Jeroen lachte even spottend. "Iedereen vond me toch leuk op school?"

"Je pestte me."

"Huh?" Het klonk onnozel. "Ik?"

"Ja," antwoordde ze. "Je duwde me van de fiets, prikte met pennen in mijn rug."

"Is dit soms een grap?" Ze zag dat hij zich op Jesse richtte.

"Weet je het niet meer?" vroeg Jesse. "Diane is ontzettend veranderd. Ik herkende haar ook niet meteen, maar ik weet nog wel wat we hebben gedaan."

"We?"

"Samen met Sally, Iris en Ellen."

"Ik heb niets gedaan," zei Jeroen. "Ik heb veel geflikt en de leraren hadden een hekel aan me, maar ik heb nooit iemand gepest."

Het was net alsof Diane weer bij Sally zat. Ze had op ongeveer dezelfde manier gereageerd. Wisten ze het echt niet meer? Het was moeilijk voor te stellen en ze kreeg opnieuw de indruk dat er een vies spelletje met haar werd gespeeld.

"Dat heb je wel gedaan," zei Jesse. "Ik kan het me toch ook nog herinneren?"

Jeroen schudde zijn hoofd en staarde een tijdje voor zich uit. "Ik weet er echt niks meer van."

Diane voelde de moed in haar schoenen zakken. Ze wist wel dat ze niet met Jesse mee had moeten gaan. Wat dacht ze nou eigenlijk kon bereiken met deze zoektocht?

"Jij weet het misschien niet meer, maar Diane wel," zei Jesse tot haar grote verbazing. "Ze is hier om een beetje vrede met haar verleden te krijgen."

Diane knikte. Iets zeggen kon ze niet. Het leek alsof haar keel dichtgeknepen was. Het was niet gemakkelijk om Jeroen onder ogen te zien, maar het was nog moeilijker dat hij zich niks kon herinneren. Ze betwijfelde ook of het de waarheid was.

"Vrede met haar verleden?" vroeg Jeroen verbaasd.

Jesse keek haar aan. "Wil je het vertellen?"

Diane haalde diep adem. Ze begreep dat ze wel moest praten en misschien was dat ook wel goed. Ze vertelde daarom opnieuw over haar onzekerheid en over haar ervaringen tijdens haar schoolperiode. Het verbaasde haar dat Jeroen ook werkelijk naar haar leek te luisteren.

"Ik kan het me nog steeds niet herinneren," zei Jeroen toen ze haar verhaal had verteld. "Maar als ik het je echt zo moeilijk heb gemaakt, dan spijt me dat heel erg."

Het was al meer dan Sally had gezegd. Het deed Diane nog wel enorm veel pijn dat Jeroen het zich blijkbaar echt niet kon herinneren. Hoe was dat mogelijk? "Dank je," zei ze langzaam. Het deed haar namelijk toch wel goed dat hij aangaf dat het hem speet.

"Je zei dat we bij elkaar in de brugklas zaten," zei Jeroen.

"Klopt."

"Wacht even." Hij stond op en ze hoorde hem de trap opgaan.

"Het gaat best goed, of niet?" vroeg Jesse.

Diane knikte. Er gingen veel gedachten door haar heen, maar het was zo chaotisch in haar hoofd, dat ze er geen wijs uit kon worden.

Niet veel later kwam Jeroen weer naar beneden. Hij had de klassenfoto in zijn hand. "Wie ben je?" vroeg hij.

Het was voor Diane erg moeilijk om de klassenfoto weer te zien. Zelf had ze hem weggegooid, jaren geleden al. Nu werd ze er opnieuw mee geconfronteerd. Ze zag allemaal vrolijke gezichten op de foto. Jeroen en Jesse stonden naast elkaar. Sally zat vooraan en had een wat ondeugende blik in haar ogen. Iris en Ellen zaten op de tweede rij, met twee klasgenoten tussen hen in.

Naast meneer Hof stond Diane. Alsof ze zich het meest veilig voelde om naast de mentor te staan. Ze zag eruit als een verlegen meisje en haar tanden stonden vreemd naar voren. Haar haren zaten door de war en haar kleren waren anders dan de kleding van de rest van de klas. Diane wees zichzelf aan.

"Je bent echt veranderd," vond Jeroen. Hij keek naar de foto. "Ik kan me je vaag herinneren, maar dat is alles."

"Ik vind dat vreemd," zei Diane zacht.

"Als ik je verhalen hoor dan begrijp ik dat," zei Jeroen. "Maar ik kan me echt niet herinneren dat ik iemand van de fiets heb geduwd. Sorry."

"Het is oké," antwoordde Diane en ze schrok er zelf ook van. Vergaf ze het hem nu, vergaf ze alles wat hij had gedaan? En zo ja, dan was dat misschien wel een goed teken. Ze was hier immers gekomen om haar verleden achter zich te kunnen laten.

## 13. Vijftien jaar geleden

*18 december*

Randy was ziek en Diane vreesde het ergste. Nu haar maatje niet op school was, zouden de pestkoppen ongetwijfeld hun slag slaan. Het leek er soms toch op alsof ze zich inhielden wanneer Randy erbij was. Nu voelde ze zich behoorlijk eenzaam. Het was bijna pauze en ze maakte zich vreselijk veel zorgen. De hele tijd keek ze naar de klok en hoopte ze maar dat de secondewijzer steeds langzamer zou gaan. Als ze de tijd maar stil kon zetten...
De woorden van de leraar drongen niet tot haar door. Ze kon alleen maar naar de klok kijken. Bang voor wat er ging komen. Toen de bel ging haalde ze diep adem. Nu was het zo ver. Zo langzaam mogelijk deed ze de boeken in haar tas. Jeroen en Jesse liepen langs haar tafel en Jeroen liep daarbij hard tegen haar aan. "O, sorry," zei hij, maar zijn gezicht sprak boekdelen. Het speet hem helemaal niet. Jesse begon te lachen en de twee jongens liepen daarna door naar de deur.
Diane sloot haar tas en wreef even over haar schouder. Jeroen had haar behoorlijk pijn gedaan door tegen haar aan te lopen. Ze zou dat echter niet laten merken, want dan gaf ze hem precies wat hij wilde.
Ze liep het klaslokaal uit. Even twijfelde ze nog om terug te gaan en te doen alsof ze de stof niet begreep, zodat ze nog even met de leraar kon praten en niet naar de kantine hoefde. Toch deed ze het niet. Uiteindelijk ontkwam ze er toch niet aan om naar de kantine te gaan.

Ze ging aan het tafeltje zitten waar ze regelmatig met Randy zat. Nu was ze alleen en ze had het gevoel alsof de halve kantine naar haar keek en om haar lachte. Ze pakte haar brood en zuchtte diep. Echt honger had ze niet.

Ze zag dat Jeroen en Sally naar haar tafeltje kwamen. Ook dat nog!

"Arme Paardenbek," zei Sally lachend. "Is er niemand die bij je wil zitten?" Ze ging op een van de stoelen zitten.

Diane wilde zeggen: 'jij zit nu toch bij me?' maar ze hield haar mond. Sally had toch wel een weerwoord.

Ook Jeroen ging zitten. "Jammer zeg, dat Randy ziek is. Misschien duurt dat nog wel een paar weken."

"Minstens," beaamde Sally.

Diane nam een hap van haar boterham, maar zweeg.

"Wist je dat Randy alleen maar met je omgaat, omdat hij je zielig vindt?" vroeg Jeroen. "Hij mag je helemaal niet."

"Dat is onzin," wist Diane uit te brengen, maar toch twijfelde ze. Wat had ze Randy eigenlijk te bieden? Helemaal niks toch?

"Hij zei het zelf bij de gymles," ging Jeroen verder. "En hij heeft het ook al een keer in de pauze tegen ons gezegd."

"Inderdaad," knikte Sally.

"Je wilt toch niet beweren dat we liegen?"

Diane wist niet goed wat ze moest zeggen. Het duizelde haar. Was het inderdaad de waarheid of zeiden ze dit omdat ze haar hiermee konden pakken?

Plots werd ze vastgepakt bij haar schouders. Geschrokken keek ze achterom. Het was Jesse en hij grijnsde naar haar. Ze voelde zich er ongemakkelijk bij. Waarom liet hij haar niet los?

"Je moet je toch maar eens afvragen of Randy wel zo'n goede vriend is," zei Sally.

Diane nam opnieuw een hap van haar brood. Ze voelde de handen van Jesse nog steeds op haar schouders, maar ze durfde er niks van te zeggen. Als ze dat wel deed, kreeg ze vast een opmerking naar haar hoofd geslingerd of gingen ze nog een stap verder. Ze durfde ook niet op te staan. Wat had ze nu graag alleen gezeten ergens. Op de toiletten bijvoorbeeld. Niemand die haar iets zei, niemand die haar lastig viel.

Diane zag dat Ellen en Iris er nu ook aan kwamen lopen. Nu was de groep compleet en Diane kreeg steeds meer het gevoel alsof ze geen kant op kon.

"Hallo," begroette Ellen hen. "We hebben de uitnodigingen, hoor!"

"Mooi!" lachte Jeroen en hij stak meteen zijn hand uit. Hij kreeg een enveloppe in zijn hand gestopt. Ook Sally en Jesse kregen een uitnodiging. Jesse liet Diane eindelijk los toen hij de enveloppe open maakte.

"We hebben er voor jou ook één," zei Iris en ze gaf Diane een enveloppe.

Diane keek vol verbazing naar haar klasgenoot en vervolgens naar de enveloppe. Waar was deze uitnodiging voor en was dit wel serieus? Nieuwsgierig keek ze naar de kaart die erin zat en las de tekst.

*Diane,*

*Omdat wij allebei in de kerstvakantie jarig zijn, vieren we onze verjaardag tegelijkertijd en wel op kerstavond (24 december). Er is muziek en we hebben drinken en lekkere hapjes geregeld. Je bent welkom vanaf 20.00 uur! Het feest is afgelopen om 0.00 uur.*

*Wensen hebben we niet echt, maar geld is natuurlijk altijd welkom!*

*Laat je ons op tijd weten of je komt?*

*Liefs,*
*Ellen en Iris*

Onder de uitnodiging stond het adres en een telefoonnummer. Diane voelde zich ergens best vereerd. Ze was het hele jaar nog niet uitgenodigd bij iemand en dit leek een doorbraak. Misschien waren Ellen en Iris toch niet zo gemeen als ze altijd had gedacht. "En? Kom je ook?" vroeg Ellen.

"Ik weet het nog niet," antwoordde Diane.

"Geeft niet, we horen het wel," zei Ellen met een glimlach.

Diane knikte.

"Zullen we naar buiten gaan?" opperde Iris. Het vijftal liep vervolgens weg. Diane achterlatend. Diane zuchtte. Even had ze een beetje hoop gehad dat ze misschien zouden vragen of ze mee wilde. Dat deden ze echter niet. Ze keek opnieuw naar de uitnodiging. Het was leuk dat ze ook eens ergens voor gevraagd werd. Hopelijk kon ze op het feestje laten zien dat ze veel leuker was dan iedereen dacht. Haar ouders vonden het vast niet erg. Ze zeiden al zo vaak dat Diane eens wat leuks met haar klasgenoten moest gaan doen.

Die middag fietste Diane niet naar haar eigen huis, maar naar dat van Randy. Ze had de leraren beloofd om hem te laten weten wat het huiswerk was. Ze vond het spannend: ze was nog nooit eerder bij hem thuis geweest. Ook was ze een beetje bang, door de woorden van Sally en Jeroen. Ging Randy echt alleen met haar om, omdat hij haar zielig vond?

Ze had het huis sneller gevonden dan ze had verwacht en ze zette haar fiets tegen het hek aan. De deur ging al open toen ze nog over het tuinpad liep.

"Jij bent vast Diane," zei de vrouw die in de deuropening stond. Net als Randy had ze een Amerikaans accent. Ze was vrij klein en een beetje mollig.

"Inderdaad," antwoordde Diane.

"Ik ben Maya." De vrouw schudde haar hand. "Heb je huiswerk voor Randy meegenomen?"

Diane knikte en ze werd uitgenodigd om binnen te komen. Randy's moeder legde uit waar zijn slaapkamer was en ietwat onwennig ging ze naar boven. Ze klopte op de deur en hoorde een zwak 'Binnen'.

Randy lag op bed en zag er bleek uit. Zo had Diane hem nog niet eerder gezien en ze schrok dan ook. Hij keek verrast. "Wat leuk om je hier te zien!" zei hij. "Ik had je niet verwacht."

Ze glimlachte. "Ik heb het huiswerk van vandaag meegenomen."

Hij trok een vies gezicht en zei toen: "Bedankt. Ga toch zitten."

Diane ging op de bureaustoel zitten en keek om zich heen. Het was de eerste keer dat ze in de slaapkamer van een jongen was. De slaapkamer van Randy was eigenlijk precies zoals ze had verwacht. Hij lag onder een dekbed dat eruit zag als de Amerikaanse vlag en bo-

106

ven zijn bed hing een surfboard aan de muur. Er lagen wat stapels papieren op het bureau, evenals zijn schoolboeken. Op een muur hing een fotocollage. Er stonden mensen op die ze niet kende en ze had het idee dat de foto's in de Verenigde Staten waren gemaakt.

"Hoe gaat het?" vroeg ze.

"Niet echt goed. Ik hoop dat ik snel wat beter ben," antwoordde hij. "Ik verveel me."

Diane lachte. Ze kon zich er wel wat bij voorstellen.

"Hoe was school?"

Diane vertelde over de lessen. Daarna aarzelde ze even. "Sally en Jeroen zeiden iets tegen me."

"Wat zeiden ze?"

"Dat je alleen maar met me omgaat, omdat je me zielig vindt."

Diane zweeg. Ze vond het moeilijk om dit te zeggen, maar ze wilde toch weten hoe hij zou reageren.

"Onzin," vond Randy. "Je moet niet alles geloven wat die twee zeggen. Ze willen je op de kast jagen."

"Het is dus niet waar?"

"Natuurlijk niet."

Diane haalde opgelucht adem. Ze geloofde hem. Ze moest zich niet zo gek laten maken door haar andere klasgenoten. "Ik heb trouwens ook nog een leuk nieuwtje," zei ze. "Iris en Ellen hebben me uitgenodigd voor hun verjaardag."

Hij schudde zijn hoofd. "Waarom?"

"Hoe bedoel je?"

"Waarom hebben ze je uitgenodigd? Ze kunnen je niet uitstaan."

"Misschien valt dat toch wel mee," opperde ze. "Ze doen meestal niets."

"Ga je erheen?"

"Ik denk het wel."

Randy draaide zich op zijn zij en hoestte. "Is dat wel verstandig?"

Diane wist niet wat ze hoorde. "Ik wil een normaal leven," zei ze. "Ik vind het geweldig dat ze me ook eens ergens bij betrekken. Misschien gaan ze nu eindelijk inzien dat ik best aardig ben."

"Maar ze mogen je niet," zei Randy. "En jij hen niet. Je hebt daar toch niets te zoeken?"

"Het kan toch dat de dingen nu gaan veranderen?"

"Ja, dat kan."

"Je vindt het maar niets," concludeerde Diane.

"Ik wil niet dat je gekwetst wordt," zei hij. "Wat als ze de hele avond niets tegen je zeggen?"

Daar had ze nog niet echt over nagedacht en dat wilde ze ook niet. "Waarom zouden ze dat doen?"

"Ze zeggen op school ook niks tegen je."

"Vandaag wel!" bracht Diane er tegenin. Goed, het waren maar een paar woorden geweest toen ze de uitnodiging kwamen brengen, maar het was al meer dan dat ze eerder tegen haar hadden gezegd.

Randy ging overeind zitten. Ze zag nu pas dat zijn bovenlichaam ontbloot was. Wat was hij knap. "Heb je het er al eens met meneer Hof over gehad?" vroeg hij.

"Dat weet je al," bitste ze. Ze wilde niet bot zijn, maar ze vond het niet leuk dat hij er telkens opnieuw over begon. Alsof hun mentor iets kon doen tegen de pesterijen.

"Maar misschien moet je…"

Diane schudde haar hoofd. "Ik wil het feestje van Iris en Ellen afwachten."

Randy glimlachte. "Misschien heb je inderdaad gelijk," zei hij.

Later die dag liet Diane haar ouders weten dat ze was uitgenodigd. Haar moeder reageerde enthousiast: "Natuurlijk mag je op kerstavond naar dat feestje."

"We vinden het al heel erg leuk dat je eens ergens uitgenodigd wordt. We begonnen ons al een beetje zorgen te maken."

"We kunnen je wel brengen die avond," opperde haar moeder. "Ik vind het niet zo'n goed idee als je op de fiets gaat."

Diane grijnsde. Ze was blij dat haar ouders akkoord gingen. Morgen zou ze haar klasgenoten meteen laten weten dat ze erbij zou zijn. Alles zou nu veranderen, daar was ze van overtuigd.

## 14. 15 jaar geleden

*24 december*

Het was kerstvakantie en Diane had amper contact met haar klasgenoten gehad. Zelfs Randy sprak ze amper. Wat voelde ze zich
alleen! Gelukkig was de dag daar van het grote feest. Het bleek
dat de hele klas was uitgenodigd, maar Diane voelde zich nog
steeds vereerd. Ze was niet overgeslagen en dat was al een hele
vooruitgang! Ook Randy was uitgenodigd en ze zou hem dus eindelijk zien. Ze werd al warm bij die gedachte.

"Laten we maar gaan," zei haar moeder, toen het kwart voor acht
was.

Het feestje was in een ander dorp, maar echt heel erg ver weg
was het ook weer niet. Diane knikte enthousiast. Ze had hier al
erg lang naar uitgekeken. Ze had voor het feest zelfs een beetje
make-up op gedaan. Misschien zou Randy vandaag inzien hoe
leuk ze werkelijk was.

Haar moeder trok haar jas aan en Diane haalde diep adem. Haar
eerste feestje dit jaar! De hele weg was Diane vreselijk nerveus.
Wat als ze er toch niet echt leuk uitzag? Ze wilde dat iedereen
een goede indruk van haar kreeg, zodat de pesterijen voor eens
en voor altijd afgelopen waren.

Het zweet stond Diane in haar handen toen ze het straatnaam-
bordje zag. Nog even en ze was er.

"We moeten bij nummer zeventig zijn," zei haar moeder. "Kijk je
mee waar we nu zijn?"

Diane keek naar het huis aan haar linkerkant. "Twaalf," zei ze.

"We moeten dus nog flink stuk."

Haar moeder reed verder. Diane bewoog nerveus met haar vingers. Nog even! Ze naderden een T-splitsing. Nummer dertig, zag Diane.

"Dat is vreemd," zei haar moeder. "Dit is een andere straat."

"Hoe bedoel je?"

Haar moeder wees naar het bordje. "We zijn aan het einde van deze straat. Waar is nummer zeventig?"

Diane slikte. "Ik weet het niet. Ik ben hier ook nooit geweest."

"Ik rijd deze straat wel even in. Misschien wordt het dan duidelijker."

Diane keek om zich heen. Ze zag nergens klasgenoten en ze begon zich plotseling enorme zorgen te maken. Alsof er een knoop in haar maag zat. Had Randy haar niet gewaarschuwd?

Diane's moeder keerde ondertussen de auto. "Nee," mompelde ze. "Hier moeten we ook niet zijn. Kijk jij ook mee?"

Diane antwoordde niet. Ze keek wel naar buiten, maar vreesde het ergste.

"Ik vraag het even aan die man daar," zei haar moeder en ze draaide het raampje open.

Diane luisterde niet eens toen haar moeder de weg vroeg. Ze hoorde wel hoe haar moeder verbaasd reageerde en nog twee keer vroeg of de man het zeker wist. Het was voor haar al duidelijk hoe het zat.

"Vreemd, die man zegt dat deze straat maar tot nummer dertig gaat," zei ze. "Misschien is het een schrijffout."

"Ik weet niet..." Diane kon wel door de grond zakken van schaamte. Hoe had ze zo stom kunnen zijn?

"Zullen we terug naar huis gaan? Dan kun je de uitnodiging pakken en het nummer bellen dat erop staat. Er is vast wat mis gegaan."

"Best," antwoordde Diane. Ze keek door het raam en durfde niet naar haar moeder te kijken. De tranen stonden in haar ogen. Hoe moest ze dit oplossen? Haar moeder mocht niet weten wat er aan de hand was!

De hele weg zweeg ze. Ze maakte zich erg veel zorgen. Hadden Ellen en Iris dit bewust gedaan? Ze voelde zich misselijk worden. Waarom had ze dit van tevoren niet aan zien komen?

Thuis aangekomen keek haar vader haar vragend aan. Diane had geen zin om iets uit te leggen.

"Bel je het nummer even op de uitnodiging?" vroeg haar moeder. Diane pakte de uitnodiging en liep naar de telefoon die aan de muur hing. Ze haalde diep adem. Dit wilde ze liever niet doen. Toch wist ze dat ze wel moest: haar moeder zou zeker vragen stellen als ze weigerde te bellen.

Ze toetste het nummer in dat op de uitnodiging stond. Vrijwel meteen hoorde ze het geluid van een faxmachine. Dit was duidelijk niet het juiste telefoonnummer. Kwaad gooide ze de telefoon weer op de haak en zonder nog iets te zeggen, stormde ze naar boven. Waarom was ze zo stom geweest om te geloven dat ze werkelijk uitgenodigd was voor het feest van Iris en Ellen? Ze ging haar kamer in, deed de deur achter zich dicht en ging op haar bed liggen. Wat nu? Haar moeder ging vast vragen stellen. Hoe moest ze dat oplossen?

Ze had het niet van Iris en Ellen verwacht. Het waren altijd vooral Sally, Jeroen en Jesse geweest die haar altijd moesten hebben.

Diane haalde diep adem: dit kreeg ze er dus ook nog eens bij. Net toen ze dacht dat alles beter zou worden. Als Iris en Ellen ook al begonnen, dan zou de rest van de klas snel volgen met gemene streken. Hoe hard waren de twee meiden nu aan het lachen, omdat ze wisten dat Diane naar een verkeerd adres was gegaan? Wist iedereen ervan? Had Randy haar daarom gewaarschuwd?

Diane kon zich niet langer meer inhouden en de tranen rolden over haar wangen. Ze wilde niet huilen: ze wilde niet dat Iris en Ellen dat genoegen kregen, zelfs als ze er niet bij waren.

Er werd op haar slaapkamerdeur geklopt. "Laat me met rust!" riep ze boos. Nee, ze wilde helemaal niemand spreken nu.

De deur ging toch open en haar moeder kwam naar binnen. Ze schrok toen ze haar dochter zag huilen. "Lieverd, wat is er aan de hand?" vroeg ze.

"Niks."

"Ik heb dat telefoonnummer net proberen te bellen," zei haar moeder. "Ik kreeg een fax. Waarom kloppen het adres en het telefoonnummer niet?"

"Ik weet het niet," snikte Diane.

"Je lijkt nogal overstuur," zei haar moeder en ze ging op de rand van het bed zitten. "Wat is er? Je weet toch dat je me alles kunt vertellen?"

Dit kon ze niet vertellen. Haar moeder zou het niet begrijpen.

"Diane?"

"Laat me alsjeblieft met rust."

Haar moeder haalde diep adem. "Goed dan," zei ze. "Ik zal na de vakantie wel contact opnemen met de school, zodat ik telefoonnummers van de ouders van die meiden kan krijgen."

"Waarom?" Diane was op haar hoede en ze veegde haar tranen weg. Ze moest zien te voorkomen dat haar moeder inderdaad zou gaan bellen. Dan kreeg ze vast nog meer problemen op school.

"De ouders moeten toch weten wat er is gebeurd?"

"Doe dat niet."

"Waarom niet?" Diane's moeder liep weer terug en ging opnieuw op het bed zitten. "Weet je zeker dat je me niet iets moet vertellen?"

"Je moet het gewoon niet doen," zei Diane. "Het was een flauwe grap, meer niet."

"Ik vind dit wel wat ver gaan voor een grap," vond Diane's moeder.

"Ze zullen me vast uitlachen."

"Wie?"

"Mijn klasgenoten! Wie anders?" Het floepte er uit, maar het was toch ook een soort opluchting. "Ze hebben dan wéér iets waar ze me mee kunnen pakken. Ik wil niet dat je gaat bellen!"

"Word je soms gepest?"

Diane slikte. Dit was nou ook weer niet de bedoeling. Waarom had ze haar mond niet kunnen houden?

"Hoe lang is dit al aan de gang?"

"Sinds het begin van het jaar."

Diane's moeder zuchtte diep. "Waarom zei je niks?"

"Ik kon het niet." Diane beet op haar lip. "Zeg alsjeblieft niets! Ik kom dan echt in de problemen."

"Wie pesten je?" negeerde haar moeder haar.

"Een aantal klasgenoten."

"Randy?"

"Nee. Sally. Jeroen, Jesse, Iris en Ellen." Diane durfde haar moeder niet aan te kijken. Ze was bang voor de reactie en voor wat er ging komen.

"Wat doen ze?"

Diane vertelde over haar ervaringen. Het was fijn om er een keer over te kunnen praten. Ze merktc nu hoeveel angsten ze had opgekropt. Wel was het moeilijk het te vertellen: ze was doodsbang dat haar moeder naar de school stapte of haar verhaal toch niet helemaal zou geloven. Misschien vond ze zelfs dat ze zich aanstelde.

Toen Diane haar verhaal had verteld sloeg haar moeder haar armen om haar heen. Ze zwegen allebei. Het was fijn, besefte Diane en ze wist nu ook dat haar moeder haar geloofde.

"Ik weet nog niet hoe," zei haar moeder nu. "Maar ik ga ervoor zorgen dat dit wordt opgelost."

Diane begon opnieuw te huilen. Deze lieve woorden deden haar echt wat.

"Ik zal je vader ook moeten vertellen wat er aan de hand is," zei Diane's moeder. "Misschien weet hij wat we het beste kunnen doen."

"Bel hun ouders niet," smeekte Diane bijna. "Ik ben bang dat ze me dat niet in dank zullen afnemen."

"Ik kan geen beloftes maken," zei haar moeder. "Ik ga het er met je vader over hebben. We moeten hier een oplossing voor vinden."

Diane haalde diep adem. Ze wist dat haar moeder gelijk had, maar ze was bang. Ze wilde niet dat haar klasgenoten dachten dat ze een klikspaan was. Wat zou er dan gebeuren?

"Maak je geen zorgen," zei haar moeder. "We zorgen ervoor dat het goed komt."

Dat was makkelijker gezegd dan gedaan, wist Diane. Hoe moest het nu verder?

*25 december*

Kerst was dit jaar niet echt leuk. Diane had amper geslapen die nacht en tijdens het ontbijt staarde ze dan ook voor zich uit.

"Je vader en ik hebben gepraat," zei haar moeder, terwijl ze haar broodje besmeerde met wat boter.

"En?" Diane wierp een blik naar Ilona. Ze had haar zus gister-avond nog verteld wat er was gebeurd. Ilona had geschrokken gereageerd, had daarna gezegd: 'het is goed dat mam en pap het weten'. Diane had er niet op gereageerd, maar ze wist wel dat haar zus met haar meeleefde. Dat was een fijne gedachte.

"Na de vakantie gaan we naar de directeur van de school," zei haar moeder.

Diane schudde geschrokken haar hoofd. "Dat wil ik niet."

"Ik begrijp dat je het eng vindt, maar we moeten echt iets doen."

"Als mijn klasgenoten erachter komen, dan pakken ze me extra hard terug."

"Dat laten we niet gebeuren," zei haar vader. "Er moet iets wor-den gedaan. Het is niet de bedoeling dat je met angst naar school gaat."

Diane beet op haar lip en zweeg. Ze had het gevoel alsof iedereen tegen haar was. Waarom moest dit nu gebeuren en wat moest ze doen als haar klasgenoten wisten dat ze met haar ouders had gepraat? Ze zouden alleen maar kwader worden en haar op een nog gemenere manier terugpakken. Daar was Diane van overtuigd. Ze wist echter dat haar ouders niet om te praten waren en ze had eigenlijk ook geen zin om een hele discussie te voeren. Ze kende haar ouders goed genoeg om te weten dat ze hoog of laag kon springen: het besluit was al genomen. En daar maakte ze zich veel zorgen om. Hoe moest ze zich op school vertonen als haar ouders naar de directeur stapten? Hoeveel problemen zou het opleveren?

Diane keek naar haar zus. Ilona glimlachte even, alsof ze wilde zeggen dat het allemaal wel goed zou komen. Zij had makkelijk praten: zij had vrienden en was niet de pispaal van de klas.

Haar moeder pakte de theepot en vroeg of Diane nog een kopje wilde. Ze schudde haar hoofd. Ze had nergens meer zin in: dit was de ergste Kerstmis die ze zich kon voorstellen. En het was nog maar net begonnen.

# 15.

"Ik vind het maar vreemd," zei Diane toen ze weer in Jesse's auto zat.

"Wat?" vroeg Jesse. Hij startte de auto.

"Dat Jeroen zich het niet kan herinneren. Sally wist ook niets meer."

"Ik begrijp het wel."

Diane keek verbaasd op. "Wat bedoel je?"

"Voor jou was het een groot deel in je leven," zei Jesse. "Het heeft je hele leven beheerst. Voor ons was dat niet zo."

Ze zweeg en dacht na over zijn woorden. Ergens had hij misschien wel gelijk. Zij had de periode waarschijnlijk heel anders beleefd dan haar klasgenoten. Ze was de hele dag bezig met het pesten en zelfs thuis werd ze ermee geconfronteerd. Het was goed voor te stellen dat haar pesters er veel minder mee bezig waren geweest dan zij. Ze hadden hun vrienden en hobby's.

"Waarom weet jij het dan nog wel?" vroeg ze.

"Ik had door dat ik iets deed wat ik niet moest doen," was het antwoord. "Ik heb er regelmatig aan gedacht."

Diane keek naar buiten. De straten waren voor haar zo bekend, maar tegelijkertijd ook erg onbekend. "Heeft het dan wel nut om iedereen te confronteren?" vroeg ze zich hardop af.

"Waarom niet?" vroeg Jesse. "Je doet het toch voor jezelf, om iets af te sluiten? Trouwens, volgens mij reageerde Jeroen best goed. Hij bood zijn excuses aan en ik denk dat hij dat ook wel meent."

Ze waren weer bij Jesse's huis. Diane stapte uit. "Bedankt voor je hulp," zei ze. Ze wist dat ze het meende.

"Kom je nog even mee naar binnen om wat te drinken?"

Ze aarzelde. Wat had ze bij hem te zoeken? Ze zag zijn vragende blik en besloot toch toe te stemmen. Jesse opende de deur en Ice kwam hen vrolijk tegemoet. Hij sprong tegen Diane om haar te begroeten.

"Ice!" waarschuwe Jesse.

Ice rende nu naar zijn baasje en kwispelde wild met zijn staart. Diane glimlachte. Het was een vrolijk dier en ze begreep nu ook waarom ze was gevallen in het bos. Ice had er geen verkeerde bedoelingen bij gehad, maar wilde alleen kennismaken.

"Wat wil je drinken?" vroeg Jesse.

"Heb je spa rood?"

Hij knikte en verdween naar de keuken. Diane ging op de bank in de woonkamer zitten en dacht diep na. Het was een vreemd idee dat ze nu alweer bij Jesse in de woonkamer zat. Ze kon hem zich nog zo goed herinneren van vroeger. Wat had ze toen toch een hekel aan hem en wat had ze zich angstig gevoeld als hij in de buurt was. En nu had hij haar geholpen. Het was moeilijk te begrijpen dat het zo was gelopen. Wel moest ze toegeven dat ze hem dankbaar was voor zijn hulp vandaag.

Jesse kwam de woonkamer in, gevolgd door Ice. "Alsjeblieft," zei hij en hij zette het glas op de salontafel.

"Hoe wist je dat Jeroen thuis zou zijn?" vroeg Diane.

"Hij is werkloos," was het antwoord. "Ik had het vermoeden dat hij nog steeds geen baan heeft."

"Maar dat wist je niet zeker?"

"Klopt."

Diane haalde diep adem. Het was een vreemde gedachte dat Jeroen werkeloos was. Ergens deed het haar zelfs wel goed. Het was een vreemd idee dat zij redelijk succesvol was, ondanks alle pesterijen en dat Jeroen geen werk had. Hij was altijd erg populair in de klas. Ze had verwacht dat hij ondertussen een topbaan had.

"Waar denk je aan?" vroeg Jesse.

Diane aarzelde. Ze wist nog steeds niet goed wat ze van hem moest denken. Kon ze hem wel zeggen wat ze dacht? "Ik dacht altijd dat Jeroen erg succesvol zou zijn."

"Waarom dacht je dat?"

"Dat weet ik niet. Misschien omdat hij overal mee weg kon komen en iedereen hem mocht."

"Met een grote mond kom je in het bedrijfsleven lang niet altijd ver," zei Jesse.

Daar had hij op zich wel gelijk in. "Is dat de reden dat hij werkloos is?"

Hij schudde zijn hoofd. "Hij heeft zijn studie niet afgemaakt. Hij heeft nooit een richting kunnen vinden die hij leuk vindt."

Ze kon zich daar ergens wel wat bij voorstellen. Zij had het geluk dat ze zo graag schilderde en dat ze er ook geld mee kon verdienen, maar als ze haar schilderijen niet kon verkopen had ze een ander beroep moeten kiezen. Dat leek haar niet gemakkelijk.

"En de banenmarkt werkt natuurlijk ook niet echt mee," ging Jesse verder. "Zonder diploma wil bijna niemand je."

"Daar heb je wel gelijk in." Diane nam een slok van haar drinken. "Hoe ben jij aan jouw beroep gekomen? Bosbeheerder word je vast niet heel gemakkelijk."

"Mijn vader was eerst bosbeheerder," antwoordde Jesse.

"En hij is overleden," herinnerde Diane zich van een eerder gesprek. "Je hebt zijn werk dus overgenomen. Heb je daar een studie voor gevolgd?"

"Ik heb een opleiding bosbeheer gedaan, want ik vond het werk van mijn vader altijd heel fascinerend."

Diane glimlachte. Ze vond het wel een mooi verhaal. "En je moeder?"

"Daar heb ik bijna geen contact mee. Mijn ouders zijn gescheiden. Dat wist je toch?"

Nee, ze wist het niet. "Hoe kon ik dat weten?"

"Sorry, daar heb je gelijk in," zei hij. "Ik kan me voorstellen dat je op school niet echt geïnteresseerd was in mijn leven."

"Het geeft niet," zei ze.

Het was een tijdje stil. Diane keek naar Ice, die in zijn mand was gaan liggen. Hij kauwde op een bot.

"Wat ga je nu doen?" vroeg Jesse.

"Hoe bedoel je?"

"Je zoektocht," zei hij. "Je moet alleen Ellen nog spreken, toch?"

"En Iris."

"Je had Iris toch al gezien?"

"Ik ben weggerend, dus we hebben niet echt iets tegen elkaar gezegd," antwoordde ze. "Trouwens, ik weet niet of ik hier wel mee door moet gaan."

"Je bent al zo ver gekomen."

Daar had hij helemaal gelijk in. Jesse én Jeroen hadden allebei hun excuses aangeboden. Toch was ze er nu ook achtergekomen dat iedereen door was gegaan met leven. Ze waren haar vergeten en wisten niet eens hoeveel pijn ze haar hadden gedaan.

"Wil je dat ik mee ga?"

Ze keek hem vol verbazing aan. "Je hebt me vandaag al enorm geholpen."

"Ik doe het graag."

"Waarom?"

"Omdat niemand het verdient om zo onzeker te zijn," zei hij.

"Het is niet nodig."

"Zeker weten?"

Ze zuchtte diep. "Ik kan het wel alleen."

Jesse ging verzitten. "Je wilde Iris niet spreken en als je mij niet toevallig tegen was gekomen had je denk ik geen enkele stap meer genomen. Ik denk dat je wel iemand kan gebruiken die je een handje helpt."

Diane dacht diep na. Ze wist niet goed hoe ze moest reageren. Hij had gelijk en dat wist ze. Als hij er niet was geweest, dan had ze haar schilderij afgemaakt en was ze weer terug naar huis gegaan. Waarschijnlijk zou ze ook niet naar Iris en Ellen gaan. Ze durfde zich echt niet meer te vertonen bij Randy en Iris. Niet nadat ze weg was gerend. Ze wist niet eens zeker of ze Randy wel wilde zien.

"Denk er nog even over na," zei Jesse. "Ik ga wat te eten maken. Je zult vast honger hebben."

"Maar..."

Hij liet haar niet eens uitspreken, maar was al naar de keuken gelopen. Wat moest ze hier nou weer mee? Ze vond het een vreemd idee. Ze hoorde hem rommelen in de keuken en niet veel later kwam een geur van specerijen haar tegemoet. Eigenlijk had ze inderdaad wel trek gekregen na alle gebeurtenissen.

Jesse bleek een prima kok te zijn. Hij had een simpele ovenschotel gemaakt met spinazie, aardappelen, aubergine en kaas. Het had haar goed gesmaakt. Tijdens het eten hadden ze over koetjes en kalfjes gepraat. Als iemand haar jaren geleden zou hebben gezegd dat ze met Jesse aan één tafel wat zou eten, zou ze die persoon vierkant hebben uitgelachen. Het was gezellig, al zou ze dat nooit hardop durven uitspreken.

"Ik heb niet echt een toetje," verontschuldigde hij zich.

"Dat geeft niet," zei ze. "Je had niet op een extra eter gerekend."

"Ik moet zo nog een stuk met Ice wandelen en meteen kijken hoe het in het bos gaat," zei hij. "Je mag wel mee, als je wilt."

"Nee, ik moet zo maar eens terug naar het hotel."

"Mag ik je telefoonnummer?" vroeg Jesse.

"Waarom?" vroeg ze achterdochtig.

"Zodat ik je kan sms'en om je te vragen of ik je moet helpen met je missie."

Diane aarzelde even. "Je mag me helpen," besloot ze. Ze wist dat hij gelijk had en dat ze anders Ellen en Iris nooit zou spreken.

"Dan wil ik alsnog je telefoonnummer." Knipoogde hij nou? "Anders breek je misschien je belofte en zie ik je niet meer."

Ze gaf hem haar nummer en sprak af dat ze de volgende dag na het avondeten langs zou komen om daarna naar Randy en Iris te gaan. In de avond leek hen beter, omdat ze waarschijnlijk overdag aan het werk waren. Ze had dan de hele dag om te schilderen en haar gedachten op een rij te zetten.

"Ik ben benieuwd hoe het morgen gaat," zei Diane.

"Maak je maar geen zorgen," zei Jesse. "Het komt vast wel goed."

Hij had makkelijk praten. Ze zei echter niks. Ze vond het een moeilijke situatie. Nu moest ze terug naar Randy, op wie ze zo verliefd was geweest. De vorige keer dat ze bij hem was had ze zichzelf voor schut gezet. Het zou niet veel beter worden nu ze er voor de tweede keer heen ging. Waarschijnlijk mocht ze niet eens meer binnen komen.

Ze nam afscheid van Jesse en gaf Ice een aai. Daarna liep ze naar haar auto om terug te gaan naar het hotel. Ze moest toegeven dat ze het ergens wel prettig had gevonden dat Jesse er vandaag bij was geweest toen ze naar Jeroen ging. Het was een fijn idee dat ze er toch niet helemaal alleen voor stond, ondanks wat hij haar had aangedaan in het verleden. Misschien was het dus toch niet zo'n gek idee dat hij morgen meeging naar Randy en Iris. Al bleef ze het een vreemde gedachte vinden. De jongen die haar vroeger gepest had, hielp haar nu.

Bij het hotel aangekomen, zuchtte Diane diep. Ze moest dit met iemand delen. Kimberly belde ze liever niet: hoewel het haar beste vriendin was, wist ze maar weinig van haar verleden. Daarom pakte ze haar mobiel en belde Ilona.

"Hoi Diane, hoe is het?" vroeg Ilona toen ze opnam.

"Je raadt nooit waar ik ben," antwoordde Diane.

"Nou?"

Ze aarzelde even maar vertelde toen dat ze in het dorp was waar ze vroeger was opgegroeid.

"Wat moet je daar dan?" Ilona klonk geschrokken.

Diane legde haar zus uit hoe ze op het idee was gekomen om hierheen te gaan. Ook vertelde ze wie ze had gezien en gesproken. Haar zus was de hele tijd doodsstil.

"Ik had geen idee," zei ze daarna. "Waarom heb je me niks gezegd, dan was ik met je meegegaan."

"Ik durfde het niet," antwoordde ze. "Het was trouwens ook iets dat ik alleen moest doen."

"Gaat het wel?" vroeg Ilona. "Wil je dat ik langskom?"

"Het gaat wel en nee, je hoeft niet langs te komen."

"Laat je me het weten als je wel hulp nodig hebt?" vroeg haar zus.

"Ja, maar ik krijg al hulp."

"Dat zei je, ja. Van Jesse. Is dat wel zo verstandig?"

"Ik weet het niet," zei Diane eerlijk. "Hij komt betrouwbaar over, maar ik weet wat hij vroeger heeft gedaan. Ik blijf op mijn hoede."

"Dat lijkt me verstandig."

Ze bleven nog een tijdje praten. Diane vroeg hoe het met Ilona ging en ze vertelde over haar werk en haar vriend. Diane vond het fijn een vertrouwde stem te horen. Nu pas merkte ze hoe alleen ze zich voelde hier. Na het telefoongesprek ging ze op bed liggen en ze zuchtte diep. Wat maakte ze zich toch enorm veel zorgen over de volgende dag. Ze moest er niet aan denken om Randy weer te zien. Hij was gelukkig getrouwd, dus zij paste toch niet in zijn plaatje. Dat deed pijn. Erg veel pijn.

# 16.

Diane kon zich de volgende dag niet focussen op het schilderen. Eerder dan ze had gepland ging ze terug naar het hotel. Sally zat achter de receptie en keek haar kwaad aan. Diane voelde zich vreselijk. Een excuus van Sally hoefde ze niet te verwachten. Ze was er werkelijk van overtuigd dat ze niks fouts had gedaan.

Het was moeilijk te begrijpen dat ze zich niks kon herinneren. Diane begreep de uitleg van Jesse wel, maar toch was het amper te vatten. Hopelijk reageerde Iris niet net zo. En hoe zou Randy eigenlijk reageren? Hij was wel met Iris getrouwd, dus misschien zou hij het niet goed oppakken.

De tijd kroop voorbij. Diane keek iedere vijf minuten naar de klok. Ze had de televisie aangezet, maar het drong niet tot haar door waar het over ging. Het maakte ook weinig uit. Ze probeerde zich vooral voor te bereiden op de heftige confrontatie die eraan kwam. Ze had alleen geen idee hoe ze zich kon voorbereiden.

Zin in eten had ze niet. Al wist ze dat ze er later spijt van zou krijgen als ze niets zou eten.

Toen het eindelijk zover was, ging ze met een vreemd gevoel in haar maag naar Jesse's huis. Het leek bijna een gewoonte te worden dat ze bij zijn huis kwam. Ze werd al meteen vrolijk begroet door Ice, die in de tuin zat. Jesse deed al snel de deur open.

"Ben je er klaar voor?" vroeg Jesse.

"Kun je hier klaar voor zijn?"

"Nee, dat denk ik niet," antwoordde hij. "Wil je het nog wel?"

"Nee, maar ik wil ook niet opgeven nu. Ik ben al over de helft, toch?"

"Dat is zo. Zullen we lopen of wil je met de auto?"

"Laten we maar lopen, het is hier vlakbij," stelde Diane voor.

Jesse liet Ice naar binnen en ze liepen richting het huis van Randy en Iris. Diane had het zweet in haar handen staan. Ze vond het doodeng en elke stap die ze zette was een stap in de richting van het huis. Nog even en ze kon niet meer terug. Misschien waren Randy en Iris niet thuis. Heel stiekem hoopte ze daar wel op.

Het was enger om het tuinpad op te lopen dan de vorige keer. Nu had ze wat uit te leggen, vooral omdat ze zomaar was weggerend. Jesse drukte op de bel, omdat Diane het niet kon. Ze hoorde wat gestommel in huis. Het duurde niet lang toen de deur open ging. Randy stond in de deuropening en keek haar vragend aan.

"Diane?" Het klonk anders dan de vorige keer; voorzichtig, afwachtend.

"Ja. Mogen we binnenkomen?"

Nu pas leek Randy Jesse te zien. "Wie ben jij?" vroeg hij.

"Jesse."

"Echt waar? Wat ben je veranderd!"

"Mogen we binnenkomen?" vroeg Diane opnieuw. "Ik heb wat uit te leggen. De vorige keer ben ik op een vreemde manier weggegaan." Ze stond er zelf van te kijken dat ze dit zei. Had ze daar werkelijk het lef voor? Blijkbaar was ze sterker dan ze dacht.

Randy leek even te twijfelen maar hield toen toch de deur voor hen open. Diane liep naar binnen, gevolgd door Jesse. Iris stond in de woonkamer en ze keek een beetje achterdochtig naar het tweetal dat binnen was gekomen.

"Zeg het maar," zei Randy. Hij leunde tegen de deurpost en keek haar afwachtend aan. "Je rende opeens weg, zonder ook maar iets te zeggen. Waar was dat goed voor?"

"Ik vertelde je toch waarom ik hier weer ben?" vroeg Diane. Ze voelde zich erg ongemakkelijk. Ze had niet het idee dat ze erg welkom was hier.

"Dat klopt," zei Randy. "Je wilde je oude pestkoppen terug zien. Blijkbaar is je dat gelukt, want je bent hier met Jesse."

Diane slikte. Even keek ze naar Jesse, die bemoedigend naar haar knikte. "Ik rende weg, omdat ik schrok toen ik Iris zag. Ik had niet verwacht dat jullie…"

"Dat we getrouwd zijn?" maakte Randy af.

"Inderdaad."

Het was een tijdje doodstil. Diane zag dat Randy en Iris een blik wisselden. Wat dachten ze? Wat hadden ze in de tussentijd al besproken?

"Ik begrijp er helemaal niks van," zei Randy nu.

Diane kon hem niet zeggen hoe verliefd ze op hem was geweest. Hij was getrouwd en daar wilde ze niet tussen komen. Ze had hem toch niks te bieden. "Iris was…" ze kon haar zin niet afmaken.

"Wat was ik?" het klonk venijnig.

Diane kon het niet. Ze slikte en staarde voor zich af.

"Nou?" vroeg Randy afwachtend.

"Ik had niet..." Wat was het ontzettend moeilijk. Diane kon niet uit haar woorden komen.

"Diane kwam hier om de confrontatie aan te gaan met haar oude pestkoppen en ze had niet verwacht om één van hen bij haar oude beste vriend tegen te komen," hielp Jesse haar.

"Een van hen?" vroeg Iris. "Probeer je me te beledigen?"

"Iris heeft je nooit gepest" zei Randy en hij keek Diane strak aan. "Ik kan het ook niet waarderen dat je haar hiervoor komt beschuldigen."

Diane slikte. Zelfs Randy kon het zich niet meer herinneren. "Het feest," zei ze voorzichtig.

"Het feest?" Randy trok zijn wenkbrauwen op.

"Het verjaardagsfeest van Iris en Ellen. Iedereen was uitgenodigd," zei Diane. Het deed haar ontzettend veel pijn dat Randy het zich niet kon herinneren.

"Dat was een knalfeest," glimlachte Iris. "We hebben dat alleen in de brugklas gedaan."

"Ik zou het niet weten," mompelde Diane. "Ik stond bij het verkeerde adres en had geen telefoonnummer. Ik voelde me zo vereerd dat ik eindelijk ergens voor was uitgenodigd, maar ik had het verkeerd. Randy, jij hebt me zelfs nog gewaarschuwd."

"Dat is vast per ongeluk gegaan," zei Iris.

"Nee, dat was het niet." Diane dacht aan de eerste dag na de kerstvakantie. Ze wist nog precies hoe Iris en Ellen hadden gereageerd. "Dat heb je zelf gezegd."

"Wat oneerlijk dit," zei Iris kwaad. "Ik heb nooit iets verkeerds gedaan."

"Iris, je weet het misschien niet meer, maar Diane spreekt de waarheid," zei Jesse. "We hebben nog hard om die nepuitnodiging moeten lachen."

"Er begint mij nu ook iets te dagen," zei Randy.

Iris keek met grote ogen naar haar echtgenoot. "Je gelooft haar toch niet?"

"Ik was het vergeten, maar ik weet nu weer hoe erg Diane het vond dat ze toch niet op jullie feest was uitgenodigd. Ze was er kapot van."

"Ik kan het me niet meer herinneren," zei Iris. "Ik weet dat ik niet altijd even aardig ben geweest, maar volgens mij was ik nooit een pester."

"Het gaat erom hoe Diane het ervaren heeft," zei Jesse. "En ze is speciaal voor ons teruggekomen naar het dorp."

"Ren je daarom weg als je iemand ziet?" vroeg Iris nu.

"Ik schrok," was het antwoord. "Ik kwam voor Randy en had er geen idee van dat jullie getrouwd waren."

"Ik ben geen slecht persoon," zei Iris nu. "Ik kan het me echt niet meer herinneren, maar het klinkt als een hele gemene streek."

"Het was voor mij de druppel. Ik had het hele jaar al te maken met pesterijen," zei Diane. "Ik werd achterna gezeten, ik werd uitgescholden en altijd werden er flauwe grapjes gemaakt. Eindelijk dacht ik ergens bij te horen, maar dat was valse hoop. Ik heb altijd maar één vriend gehad op school en die blijkt getrouwd te zijn met iemand die me niet kon uitstaan."

"En daar raakte van je overstuur," begreep Randy nu. " Ik had er geen idee van dat je Iris bedoelde toen je zei dat je de oude pestkoppen weer terug wilde zien. Ik dacht dat je het over Jesse en Jeroen had." Hij zweeg even. "Als ik het had geweten, dan had ik het anders aangepakt. Ik stelde jullie aan elkaar voor, met de gedachten dat jullie dat allebei leuk vonden."

"Je kon het niet weten."

Iris liep nu naar Diane. "Ik wil je mijn excuses aanbieden. Ik was me er niet van bewust dat je nog zoveel pijn had en dat ik je zo gekwetst heb. Ik ben de slechtste niet en ik hoop dat je dat in wilt zien."

Diane wist niet goed hoe ze moest reageren. Het kwam oprecht over, dat moest ze toegeven. "Ik geloof meteen dat je niet de slechtste bent," zei ze. "Je bent getrouwd met Randy en hij heeft vast wel smaak."

Iedereen lachte en het ijs leek gebroken te zijn. Het voelde goed dat ze het Iris had vergeven. Dit was de reden waarom ze terug naar het dorp gegaan was. Ze had nu bij Jesse en bij Iris het gevoel dat ze het echt meenden. En zelfs Jeroen had zijn excuses aangeboden. Dit had ze nooit durven dromen.

"Willen jullie wat drinken?" vroeg Randy nu. "Ik geloof dat er veel te vertellen is."

Diane en Jesse stemden in. Niet veel later zaten ze op de bank. Diane vertelde wat ze tot nu toe had gedaan in het dorp en wie ze had gesproken. "Ik wil alleen Ellen nog zien," zei ze. "Ik heb haar nog niet kunnen vinden."

"Ik heb haar adres," zei Iris. "Ik weet alleen niet of ze op je komst zit te wachten."

"Waarom niet?"

"Het gaat niet zo goed met haar."

"Wat maakt dat uit?" bracht Jesse er tegenin. "Diane is al zo ver gekomen. Het is zonde als ze het niet kan afmaken."

"Daar heb je gelijk in. Ik weet alleen niet of Ellen wil luisteren."

"Dat wilde Sally ook niet."

"Ik denk dat het meer om het idee gaat, of niet?"

Diane knikte. "Ik heb vaak willen opgeven, maar nu ik nog één iemand af moet, ben ik er bijna. Ik wil nu doorzetten." Ze zag dat Jesse knikte. Ze had het voornamelijk aan hem te danken dat ze hier zat. Zonder hem was ze al thuis geweest.

Iris zocht het adres op en Diane schreef dit in haar notitieboekje. Ze woonde in hetzelfde dorp als Jeroen. "Wil je dat ik weer met je mee ga?" vroeg Jesse.

Diane dacht even na. Ze kon het misschien wel alleen, maar na de waarschuwing van Iris wist ze niet of dat verstandig was. "Ja, graag," zei ze daarom.

"Ik wil je ook wel ergens bij helpen," stelde Randy voor.

"Ik zal je voorstel onthouden," antwoordde ze. "Maar het lijkt me niet verstandig om met een hele groep bij Ellen aan te komen."

"Wil je dat ik haar op de hoogte breng van je bezoek?"

"Nee." Daar was ze al zeker van. Ze wilde niet dat Ellen zich kon voorbereiden op een gesprek. Juist dan kon Diane haar confronteren.

"Wat als ze niet thuis is?"

"Dan kom ik later nog terug."

Er werd nog een tijdje doorgepraat. Diane kon zich zowaar een stuk ontspannen en ze vond het gezellig. Ze zag Iris nu van een andere kant: ze straalde en ze leek oprecht geïnteresseerd in Diane. Het was vreemd, omdat ze Iris altijd als een vijand had gezien. Jesse en Diane bleven ongeveer een uur zitten en vertrokken daarna weer. Diane beloofde Randy dit keer wel contact te blijven houden. Ze wilde niet weer dat hun vriendschap zou verwateren. In de auto haalde Diane opgelucht adem. "Dit ging veel beter dan ik had verwacht," zei ze.

"En je bent er bijna," glimlachte Jesse. "Nog één persoon."

Diane knikte. "Zullen we daar morgen heen gaan?" stelde ze voor.

"Hoe eerder, hoe beter, nietwaar?" vroeg hij.

Ze kon alleen maar beamen wat hij zei. En het leek wel alsof het steeds makkelijker werd. Ze vond het nog steeds eng om haar oude klasgenoten terug te zien, maar nu ze alleen Ellen nog moest zien, leek de angst al een stuk minder te zijn.

Ze spraken af dat Diane rond dezelfde tijd naar Jesse zou gaan als vandaag. Nog één stap, dan was ze er.

## 17. Vijftien jaar geleden

*2 januari*

De kerstvakantie was voorbij en met lood in de schoenen ging Diane naar school. Ze was doodsbang voor wat er ging gebeuren. Haar ouders zouden de school bellen om voor altijd iets te kunnen doen tegen de pesterijen. Zelf had ze er weinig vertrouwen in dat het goed zou komen.

Op school aangekomen voelde ze zich ongemakkelijk. Het was net alsof iedereen van het feest wist. Ze had het gevoel van alle kanten nagekeken te worden. Het was een hele opluchting toen ze Randy zag zitten aan een tafeltje in de kantine. Ze ging meteen naar hem.

"Hoi!" begroette hij haar enthousiast. "Hoe was je vakantie?"

"Niet goed," antwoordde ze.

"Hoezo?"

"Het feest van Ellen en Iris…"

"Ja, je was er niet. Ik dacht dat je er zo veel zin in had?"

Diane beet op haar lip. "Het adres op de uitnodiging klopte niet. Het telefoonnummer ook niet trouwens."

Hij keek haar ongelovig aan. "Dat moet vast een vergissing zijn geweest."

"Natuurlijk niet," zuchtte ze. "Je had gelijk. Ik had ze niet moeten vertrouwen. Even dacht ik mee te tellen. Hoe kon ik zo stom zijn?"

"Daar zijn ze. Laten we het ze vragen." Nog voordat Diane kon protesteren, zwaaide Randy al naar Iris en Ellen. Ze kwamen meteen zijn kant op.

"Hoe gaat het?" vroeg Iris met een glimlach. Ze keek Diane niet eens aan.

"Goed," antwoordde Randy. "Ik vroeg me wel af hoe het zat met de uitnodiging die jullie aan Diane gaven voor het feest. Ze zegt dat het adres en telefoonnummer niet klopten."

Iris en Ellen begonnen tegelijkertijd te lachen. "Dat was een goede grap, nietwaar?" vroeg Ellen.

Iris grinnikte. "We hebben het samen bedacht."

"Je dacht toch niet echt dat we Paardenbek op ons feest wilden hebben?" zei Ellen.

"Nee, dat zou alles hebben verpest!" was Iris het er volledig mee eens. Ze keken niet eens naar Diane, deden net alsof ze er niet eens was.

"Dat is wel heel gemeen," vond Randy. Het was de eerste keer dat hij echt iets over het pesten zei.

"Ach, het was maar een grapje, meer niet," glimlachte Iris. "Dat weet ze zelf ook wel, toch?" Nu keek ze eindelijk naar Diane.

Diane reageerde niet. Ze wist niet wat ze moest zeggen. Ze vond het helemaal niet grappig. Vooral niet omdat haar ouders nu alles wisten en dit natuurlijk nooit goed kon aflopen.

"Laten we naar Sally gaan," stelde Iris voor. Ellen stemde in en het tweetal liep weer weg.

"Trek het je niet aan," suste Randy. "Ze hebben zelf niet eens door hoe gemeen ze zijn."

"Mijn ouders gaan vandaag een gesprek aan met de directeur hierover," zei Diane nu. "Ze weten dat ik gepest word."

"Misschien is dat een goede zaak," zei hij. "Misschien komt er eindelijk een oplossing."

"Ik ben bang van niet."

"Je weet het niet," zei hij. "Wacht het af en maak je niet onnodig zorgen."

Hij had makkelijk praten. Hoe kon ze nou positief reageren op deze gebeurtenissen? Als haar klasgenoten wisten dat ze hen verraden had, dan kon er iets vreselijks gebeuren. Ze durfde er niet over na te denken wat dat was.

Het laatste uur die dag was Engels. Aan het begin van de les werd er op de deur geklopt. Het was John Havens. "Kan ik een paar leerlingen meenemen?" vroeg hij. "Jeroen, Jesse, Sally, Iris en Ellen. Komen jullie meer naar mijn kantoor?"

Het vijftal stond vragend op, keek elkaar meermaals aan en liep toen met de directeur mee.

Diane had het zweet in haar handen staan. Dit was het moment wist ze. Wat zou er gaan gebeuren? Onrustig bewoog ze heen en weer en keek op de klok. Vervolgens keek ze weer in haar boek om daarna toch weer naar de klok te kijken. Er was nog geen minuut verstreken.

"Maak je geen zorgen," fluisterde Randy. "Alles komt goed."

"Ik geloof er niks van."

De hele les bleef Diane onrustig. Ze verwachtte elk moment ook geroepen te worden door de directeur, maar dat gebeurde niet. Randy keek haar af en toe bezorgd aan, maar ze probeerde zijn blikken te ontwijken. Ze had geen zin in zijn goedbedoelde opmerkingen.

Ze kon alleen maar opgelucht ademhalen toen de bel ging. De les was voorbij. Als ze geluk had, dan kon ze weg zijn nog voorda ze haar klasgenoten tegenkwam. Snel liep ze naar haar kluisje.

"Diane?" Randy kwam haar achteraan. "Gaat het wel?"

"Ja," loog ze. "Ik wil alleen naar huis, want ik ben moe."

"Probeer niet teveel te piekeren," raadde hij haar aan.

Ze knikte alleen maar terwijl ze haar jas aantrok. Snel ging ze naar buiten en liep naar haar fiets. Ze bleef maar denken aan het gesprek dat de directeur had. Waren ze nog aan het praten met elkaar? Of was het gesprek al gedaan? Lang hoefde ze niet te denken over die vraag, want ze hoorde Jeroens stem: "Diane! Wacht even!"

O jee. Ze durfde niet door te lopen naar haar fiets, maar durfde ook niet te wachten. Ze speelde met haar fietssleutel en hoorde de voetstappen dichterbij komen.

"Wat zijn dit voor grapjes?" Ze voelde een hand op haar schouder en ze durfde zich niet om te draaien. Haar handen waren bezweet. Langzaam draaide ze zich om en keek recht in de ogen van Jeroen. Jesse, Sally, Iris en Ellen stonden er ook bij.

"Hij vroeg je wat," zei Sally.

"Ik weet niet waar je het over hebt."

"Nee, vast," Jeroen lachte spottend. "We kregen net op onze donder van Havens."

"We moeten een heel hoofdstuk van het geschiedenisboek overschrijven!" zei Iris kwaad.

"Omdat jij hebt gezegd dat we je pesten."

Diane slikte. "Ik heb niks gezegd."

"Nee, vast niet," zei Jesse.

"We pesten je toch helemaal niet, of wel dan?" vroeg Jeroen nu. Zijn stem klonk poeslief en het was precies de toon waar Diane het benauwd van kreeg. Hij was iets van plan, dat kon niet anders. "Ik moet nog leren voor mijn proefwerken. Ik kan toch niet allerlei strafwerk gaan doen?" zei Ellen met een diepe zucht.

"Het is ook helemaal niet eerlijk," vond Sally. "We hebben niets gedaan en dat weet jij ook heel goed."

"Ik moet gaan." Diane wilde naar haar fiets lopen, maar ze werd tegengehouden.

Jeroen greep haar stevig vast. "Jij gaat helemaal nergens heen," zei hij. Hij keek naar Jesse. "Je weet wat je moet doen."

Die knikte en liep naar de fiets. Hij haalde een zakmes tevoorschijn en stak deze in de voorband van Diane's fiets.

"Waag het eens om nog wat te zeggen," siste Jeroen in haar oor. "De volgende keer is het niet de fietsband, maar je buik."

Sally begon te lachen, alsof ze zojuist de beste grap aller tijden had gehoord. Diane durfde niets te zeggen. Ze was bang dat elk woord verkeerd zou zijn. Haar hart ging als een razende tekeer en ze keek even naar een leerling die ook bij de fietsenstalling liep. Hij negeerde volledig wat er op dit moment gebeurde, maar pakte enkel zijn fiets.

"Heb je dat begrepen?" vroeg Jeroen dreigend.

Diane knikte langzaam. Meer kon ze niet. Ze was verstijfd. Ze kon alleen maar denken aan haar fiets. Wat zouden haar ouders zeggen als ze alweer een lekke band had? Ze zouden haar smoesjes nooit geloven.

"Kom, laten we gaan," stelde Jesse voor.

De groep stemde in en pakte allemaal hun eigen fiets. Diane bleef achter en haalde heel diep adem. Ze moest iets bedenken, want hier kon ze niet mee wegkomen. Misschien moest ze de fiets hier maar laten staan en met de bus naar huis gaan. Als ze dat hele stuk moest lopen was ze sowieso laat thuis.

Ze glimlachte even. Misschien had ze een oplossing gevonden voor haar probleem. Als ze niks mocht zeggen, dan kon ze dat op een hele sluwe manier aanpakken.

"Hoi lieverd," zei haar moeder toen Diane de woonkamer inliep. "We hebben vandaag met de directeur gepraat. Hij heeft beloofd de pesters aan te pakken."

Diane reageerde niet. Aanpakken? Door ze een tekst over te laten schrijven? Dat was toch geen manier om het op te lossen?

"Ik denk dat je dus binnenkort van dat getreiter af bent," ging haar moeder verder. "Hoe was je dag?"

"Ik was net bij het winkelcentrum," antwoordde Diane. "Toen ik terugkwam was mijn fiets gestolen."

"Gestolen? Hoe kan dat nou?" Haar moeder keek geschrokken op. "Had je de ketting er niet aan gedaan?"

Diane beet op haar lip. Wat was het moeilijk om niks te zeggen. Ze had al zoveel gelogen tegen haar ouders. "Nee, dat was ik vergeten."

'Echt waar?" Haar moeder keek haar onderzoekend aan.

'Nee." Ze kon niet liegen en had nu al spijt van haar antwoord.

'Nee?"

'Jesse heeft mijn fietsband lek gestoken," zei ze. "Hij deed het toen ik naar huis wilde gaan, dus ik heb de bus gepakt."

'En dat ondanks ons gesprek?"

Diane zuchtte diep. "Het gesprek heeft het alleen maar erger gemaakt," zei ze. "Ze moeten een hoofdstuk overschrijven uit een boek, meer niet."

"Is dat alles? En nu?"

"Nu hebben ze me erop aangesproken en moest ik mijn mond houden." Diane voelde nu de tranen in haar oen branden.

"Ach lieverd." Haar moeder sloeg haar armen om haar heen. "Wil je dat ik nog een keer bel morgen?"

"Dat lijkt me niet verstandig," zei Diane. "Ze zullen me weer pakken als ze erachter komen. Daar heb ik geen zin in."

Het was een tijdje stil. Diane zag dat haar moeder aan het denken was. "Maar je moet toch iets doen? Dit mogen ze niet zomaar ongestraft doen."

"Misschien wordt het nu wel minder en wilden ze alleen maar het laatste woord hebben."

"Laten we het hopen," zei haar moeder met een diepe zucht. "En zo niet, dan moet je het me laten weten. Ik wil niet dat je dit soort dingen voor me verzwijgt, goed?"

Diane knikte. Het was ergens wel fijn om te weten dat ze er niet meer alleen voor stond, alsof ze toch een extra steun had. Ze hoopte maar dat ze gelijk had en dat haar klasgenoten zouden ophouden met het pesten. Toch was ze er bang voor dat het nog lang niet voorbij was.

"Ik zal je vader vragen of hij vanavond je fiets ophaalt," zei haar moeder. "Morgen zul je alleen wel weer met de bus moeten, want ik denk niet dat je band op tijd geplakt is."

"Ik ben bang dat de band vervangen moet worden," zei Diane. "Er zit een behoorlijke scheur in."

"Dat is altijd nog beter dan een nieuwe fiets kopen," vond haar moeder. "Het komt allemaal goed, dat beloof ik je."

Diane vroeg zich af of die belofte waargemaakt kon worden. Veel vertrouwen had ze er niet in.

# 18.

Een dag later zaten Diane en Jesse weer in de auto, dit keer op weg naar Ellen. Diane had die ochtend nog haar verblijf in het hotel met een paar nachten verlengd. Ze wilde haar schilderij nog afmaken voordat ze naar huis ging.

Jesse had het huis vrij snel gevonden. Zou Ellen thuis zijn? Diane stapte uit en merkte dat ze een stuk minder zenuwachtig was dan ze had verwacht. De eerdere gesprekken hadden haar een ontspannender gevoel gegeven. Al vond ze het nog steeds erg eng. Hoe zou Ellen reageren?

Ze belde aan en wachtte af. Het bleef erg stil binnen. Ze zuchtte diep. Iedereen was tot nu toe thuis toen ze erheen was gegaan. Was Ellen de enige die niet thuis was? Ze keek Jesse even aan en hij knikte, om aan te geven dat ze nog een keer moest aanbellen. Diane deed dit en wachtte af. Net toen ze wilde zeggen dat ze een andere keer terug moesten komen, ging de deur open.

"Hallo?" Iemand stond achter de deur.

"Ellen?" vroeg Diane.

"Ja… wie ben jij?"

"Zou ik binnen mogen komen?"

"Nou…"

"Ellen, ik ben Jesse," zei Jesse. "Van school, weet je nog?"

"Ja…" Het klonk heel twijfelachtig.

"Mogen we binnenkomen?"

"Liever niet."

"Een andere keer dan?"

"Wat is er dan?"

"Ik wil met je praten," zei Diane.

"Kan dat niet buiten?"

Diane wisselde een blik met Jesse. Wat een vreemde toestand was dit. "Liever niet," zei ze.

Het was even stil. "Kom dan maar binnen." De deur werd open gehouden en nu pas zag Diane haar oude klasgenoot voor het eerst. Ze was flink aangekomen in die vijftien jaar. Diane en Jesse liepen naar binnen. Het zag er redelijk knus en gezellig uit in de woonkamer. Wel viel Diane's oog meteen op het speelgoed dat in de hoek van de kamer stond. Was Ellen een moeder?

Ellen ging op de bank zitten en bood het tweetal niets te drinken aan. Ze keek alleen maar naar hen, met een blik in de ogen die duidelijk maakte dat ze het liefst zo snel mogelijk van dit gesprek af was. "Zeg het maar," zei ze enigszins ongeduldig.

"Ik ben Diane, ken je me nog?"

Het bleef stil. Ellen keek haar afwachtend aan, zonder een woord te zeggen.

"We hebben bij elkaar in de klas gezeten," ging ze verder. Opnieuw bleef het stil. Diane voelde zich er wat vreemd bij. Hoe moest ze nou een gesprek voeren als Ellen niks zei? "Ik ben hier, omdat ik in de brugklas vreselijk werd gepest. Door jou."

"En?" vroeg Ellen schokschouderend.

"Ik wil mijn verleden meer een plaatsje kunnen geven, omdat ik er nog dagelijks mee bezig ben."

"Wat verwacht je nou van mij?" vroeg Ellen.

Diane voelde zich onzeker worden. Hier kon ze weinig mee. Het leek net alsof Ellen niet eens naar haar luisterde.

"Ze wil graag haar verhaal kwijt," hielp Jesse haar.

"Ik heb hier geen tijd voor," zei Ellen en ze stond op. "Kunnen jullie weer gaan? Ik heb wel wat anders aan mijn hoofd."

"Maar…"

"Het spijt me, maar wat in het verleden is, dat blijft daar. Ik heb hier geen zin in." Ellen stond al op en wees naar de deur.

Diane haalde diep adem. Wat moest ze hier nou mee? Ze wilde niet gaan, want ze had niet het gevoel dat er ook maar iets tot Ellen was doorgedrongen.

Boven begon een kind te huilen. Het was zo te horen nog een jong kind. Een peuter misschien.

"Jullie moeten echt gaan nu," zei Ellen. "Val me niet meer lastig." Ze liep al naar de gang voordat Diane en Jesse de kans hadden te reageren en liep de trap op.

"Laten we dan maar gaan," stelde Jesse voor.

Diane knikte. Ze hoorde het huilen boven overgaan in gebrul. Wat een vreemde situatie was dit. Iris had haar wel al gewaarschuwd, maar ze had nooit verwacht dat ze op deze manier ontvangen zou worden.

Ze verlieten het huis en liepen zwijgend terug naar de auto. Diane dacht na over de gebeurtenis. Het viel haar tegen. Ze was zo ver gekomen en nu kon ze haar zoektocht niet afmaken, omdat Ellen niet de moeite nam naar haar te luisteren.

"Dat was vreemd," zei Jesse. "Wil je het morgen nog eens proberen?"

Diane haalde haar schouders op. "Heeft het zin?"

"Ik denk het niet," gaf hij toe. "Maar je kunt het wel proberen Niet geschoten is altijd mis, toch?"

"Nee, ik denk dat ik het hierbij moet laten," zei Diane. "Het voel niet goed om terug te gaan."

"Zullen we naar de ijssalon gaan? Dan trakteer ik je op een ijsje."

Diane aarzelde even. Ze was er met Randy geweest. Ze had leuke herinneringen aan de salon, maar wilde ze er weer naar terug? De leuke herinneringen wilde ze graag zo houden.

'Wat is er?" merkte Jesse haar aarzeling op.

'Ik ben er vroeger ook regelmatig geweest," zei ze. "Ik heb er goede herinneringen aan."

'Ik zie geen probleem."

'Nee, eigenlijk is dat er ook niet," gaf ze toe. "Laten we er inderdaad maar eens heen gaan."

Het was vreemd om weer in de ijssalon te komen. Het was niet echt veranderd. De inrichting leek nog steeds hetzelfde: er stonden simpele zwarte stoelen met kleine tafeltjes. Op de tafels lagen placemats met de verschillende ijscoupes die te bestellen waren. Aan de muur hingen verschillende filmposters en er klonk popmuziek uit de luidsprekers.

Diane en Jesse kozen allebei voor een hoorntje met twee bolletjes en gingen aan een tafeltje zitten. "Vreemd om hier weer te zijn," zei ze. Ze likte aan haar ijsje: het was nog net zo lekker als vroeger.

"Kwam je hier met Randy?"

'Ja, in de lente en zomer. Ik vond het altijd erg gezellig, sfeervol."

"Klopt. Ik kom er zelf ook regelmatig," zei Jesse. "Veel mensen hier doen dat."

"Ik denk dat dat een soort traditie is hier in het dorp."

"Daar zou je wel eens gelijk in kunnen hebben."

Er kwam een moeder met een zoontje binnen. Ze kochten een ijsje en liepen weer naar buiten. Diane dacht weer even aan Ellen die nu blijkbaar moeder was geworden. Dat had ze niet achter haar gezocht, maar er waren meer dingen geweest tijdens haar terugkeer die ze niet had verwacht.

"Waar denk je aan?"

"Ellen."

"Ze gaf je geen enkele kans," zei Jesse. "Dat is vast pijnlijk."

"Vreemd genoeg valt dat wel mee," zei Diane. "Ik besefte dat er veel is gebeurd de afgelopen dagen."

"Dat klopt. Denk je dat je er positief naar terug kunt kijken?"

"Ik hoop het."

"Daarvoor kwam je toch hierheen?"

"Dat klopt," antwoordde ze. "Ik denk dat ik heel veel heb kunnen afsluiten. Het betekent alleen niet dat alles nu meteen goed gaat en ik opeens heel erg zeker ben van mezelf."

"Zoiets kun je ook niet verwachten," zei Jesse.

Een groep tieners kwam de salon binnen. Ze waren erg rumoerig en leken het niet eens te zijn over de keuze: een ijsje meenemen of binnen zitten.

"Ik denk dat je wel een goede stap hebt gemaakt," vervolgde Jesse. "Je moet vooral onthouden dat je het voor jezelf hebt gedaan. Het was niet leuk dat Ellen niet eens naar je wilde luisteren, maar daar deed je het uiteindelijk niet voor, toch?"

"Ik vind het heel jammer dat ze niet wilde luisteren, maar ik heb er vrede mee," zei Diane. "Het leek erop alsof ze het erg zwaar heeft. Ze is flink aangekomen en ze heeft een kind. Het zou me niets verbazen als ze een alleenstaande moeder is. Zeker weten doe ik dat natuurlijk niet."

"Ik vind het knap dat je zo kunt denken," vond hij.

"Ik denk dat het alleen maar voor mezelf zal helpen," zei ze. "Ik heb Ellen vergeven wat ze heeft gedaan. Ik weet niet waarom ze nu afstandelijk is en wat er is gebeurd, maar niemand verdient een zwaar leven."

"Je zou ook kunnen denken dat het juist wel haar verdiende loon is," zei hij.

"Daar schiet ik toch niks mee op?"

"Klopt, maar ik denk dat veel mensen toch zo zouden denken."

Diane zweeg even. Ze begreep wat hij probeerde te zeggen en ze zag het als een groot compliment dat ze het in zijn ogen zo goed aanpakte.

"En ik?" vroeg Jesse na een tijdje.

"Jij wat?"

"Je zei dat je het Ellen hebt vergeven," zei hij. "Mij ook?"

Daar hoefde ze niet lang over na te denken. "Ja, jou heb ik het ook vergeven," zei ze. "Je hebt me heel erg geholpen. Daar ben ik je dankbaar voor. Zonder jou had ik het allang opgegeven en zat ik alweer thuis."

"Ik ben blij om dat te horen," zei hij. "En ik hoop ook echt dat je een beetje vrede met je verleden krijgt."

"Dank je." Ze had haar ijsje bijna op en keek naar buiten. Er liepen wat mensen voorbij, maar het was niet heel erg druk op straat.

"Wat ben je nu van plan?" voeg Jesse.

"Ik denk dat ik mijn schilderij afmaak en naar huis ga."

"Ik heb een idee," zei hij. Het klonk een beetje mysterieus. "Ik wil proberen iets te regelen."

"Wat?"

"Ik denk dat het goed voor je zal zijn."

Ze trok haar wenkbrauwen op. "Ik begrijp het niet."

"Vertrouw je me?"

"Ja." Het kostte haar geen moeite om daar antwoord op te geven. Een paar dagen terug zou ze dit antwoord nooit hebben gegeven. Het gaf een soort innerlijke rust.

"Ik heb wel een paar dagen nodig denk ik, kan dat?"

Diane knikte. Ze vroeg zich af wat hij bedoelde, maar stelde geen vragen. Ze had al een vermoeden dat hij waarschijnlijk toch niet meer zou zeggen. Ze spraken af dat hij haar belde wanneer hij meer duidelijkheid had.

Ze verlieten de ijssalon en Jesse zette haar af bij het hotel. Diane zag dat Sally bij de receptie zat. Snel liep ze door, zonder ook maar iets tegen haar oude klasgenoot te zeggen. Het had toch geen zin, daar was ze allang achter. Op de hotelkamer ging Diane op haar bed liggen. Ze stuurde Ilona een sms om te laten weten dat alles in orde was en dat ze iedereen had gesproken die ze wilde spreken. Er kwam al snel een antwoord:

*Ik ben trots op je en ik hoop dat je er wat aan hebt gehad.*

## 19. Vijftien jaar geleden

*12 maart*

De laatste maanden was er weinig verandering. Diane was nog een paar keer naar de directeur gegaan en ook haar ouders hadden een paar gesprekken gehad. Het schoot niks op. De pesters kregen af en toe een waarschuwing en andere keren kreeg Diane te horen dat ze de groep vooral moest mijden. Het leek een strijd die ze niet kon winnen en waarvan ze zelfs ook niet meer wist of ze er nog wel heel hard voor wilde gaan.

Randy bleef haar steunen en bleef ook populair bij de rest van de klas. Dat had ze niet verwacht, omdat zij niet bepaald geliefd was. De bel van het laatste uur was zojuist gegaan en Diane liep het klaslokaal uit. Ze had het met Randy over de stof die behandeld was. Ze hadden net Engels gehad en Diane begreep helemaal niets van de onregelmatige werkwoorden.

"Ik ga het nooit begrijpen," zuchtte ze.

"Natuurlijk wel," glimlachte Randy. "Ik help je wel. Je cijfers zijn toch al flink vooruit gegaan sinds ik je help?"

"Dat klopt."

"Laten we na schooltijd naar mijn huis gaan," opperde hij.

Ze voelde dat ze warm werd. Ze was nu al een paar keer bij hem geweest, maar elke keer als hij haar uitnodigde, bleef ze de vlinders in haar buik voelen. Telkens weer hoopte ze dat hij zou zeggen hoe leuk hij haar vond. Dat zou haar leven een heel stuk leuker en makkelijker maken. "Leuk," zei ze dan ook. "Ik ga eerst nog even naar de wc."

"Is goed, ik loop alvast naar de kluisjes," zei hij. "Ik zie je daar wel."

Ze liep de wc in en zag nog net dat Sally, die ook in de gang was, haar een boze blik toewierp. Ze koos een hokje en zuchtte diep. Wat had ze toch verkeerd gedaan? Waarom kreeg ze altijd de indruk alsof haar klasgenoten een enorme hekel aan haar hadden? Ze begreep er niks van en het werd met de dag pijnlijker. Het was fijn dat haar ouders, haar zus en Randy haar steunden, maar van de school kreeg ze juist helemaal geen steun. Wat was ze blij dat Randy er wel voor haar was. Dat hij haar uitnodigde bij hem, waardeerde ze.

Ze was ongesteld geworden, zag ze. Gelukkig had ze wat bij zich. Ze kon zich die eerste helse schoolweek nog herinneren. Ze hoorde dat er iemand binnenkwam. Hè, wat vervelend. Nu moest ze de verpakking van haar maandverband openen, terwijl iemand anders het kon horen. Dat vond ze altijd erg onprettig. Ze wist wel dat alle meiden ongesteld werden, maar toch schaamde ze zich.

Langzaam scheurde ze de verpakking open. Ze hoopte vooral geen geluid te maken.

"Hoor je dat?" hoorde ze iemand zeggen. De stem herkende ze meteen; Sally. "Ze is hier nog."

Diane hield haar adem in en durfde niet te bewegen. Tegen wie had ze het? Ging het over haar?

"Diane?" zei Sally. "We weten dat je er bent."

"Doe niet zo kinderachtig en geef antwoord." Een andere stem, dat was Iris.

Diane hoorde de deur van de ruimte weer open gaan. Er klonken voetstappen. Haar hart ging als een razende tekeer. Wat moest ze nu doen?

"Hier zit ze," zei Sally. "Kijk maar."

Diane zag dat er iemand voor haar hokje stond.

"Ben je al klaar daar?" Dat was Jeroen.

Ze durfde niet te reageren. Wat moest ze doen? Ze zag dat haar handen trilden. Ze durfde de verpakking niet verder open te scheuren, maar eigenlijk durfde ze ook niet te blijven zitten. Het toilet was altijd haar veilige plekje geweest, de plek waar ze zich kon terugtrekken in de pauzes als ze bang was. Nu waren haar klasgenoten haar schuilplaats binnengedrongen. Ze dacht aan de dreigementen een paar maanden terug. Ze wist nog precies wat Jeroen had gezegd: *'Waag het eens om nog wat te zeggen. De volgende keer is het niet de fietsband, maar je buik.'* Kwamen ze daar voor? Wilden ze haar te grazen nemen, omdat ze toch nog een paar keer naar de directeur was gestapt?

Er klonk een bonk en Diane schrok ervan. Ze deinsde achteruit. Iemand had op haar hokje geslagen. Ze vermoedde dat het Jeroen was.

"Diane, Diane, Diane," joelde Jeroen nu. Het duurde niet heel lang tot Sally en Iris ook meededen. Het gejoel leek van alle kanten te komen en Diane durfde nog steeds niet te reageren. Ze controleerde of ze haar hokje wel op slot had gedaan.

Opnieuw een bonk, en nog één. Ze voelde zich steeds ongemakkelijker.

"Hallo," klonk de stem van Jeroen opeens boven haar.

Geschrokken keek ze omhoog. Ze zag Jeroen over de wand heenkijken van haar hokje. Zijn hoofd verdween weer en er werd hard gelachen.

"Wat is er?" dat was Iris.

"Ze zit daar op de wc, met een maandverband in haar handen."

Nu lachten ze alle drie. "Vies!" riep Sally uit.

"Het was toch wel een schone?" vroeg Iris.

"Dat wel."

"Nog steeds vies!"

Diane wist niet wat ze moest doen. Ze durfde nu helemaal niet meer op te staan en weg te lopen. En net nu ze iets met Randy had afgesproken. Hij zo vast al weg zijn omdat het allemaal zo lang duurde. Er werd nog een paar keer op de deur gebonkt en ze kreeg bijna het idee alsof iemand probeerde de deur open te beuken, zo hard ging het.

"Kom, laten we gaan," opperde Jeroen. "Ik wil niet in de buurt van zo'n viespeuk zijn."

Diane hoorde hoe ze wegliepen. Ze hoorde hoe de deur openging. Nu hoorde ze ook de stem van Jesse. Hij zei: "En? Is ze er?"

"Ja," antwoordde Jeroen. "Maar ze zit…" De deur viel dicht en het werd doodstil in de toiletruimte.

Diane deed snel het maandverband in haar slipje. Ze durfde nog niet uit het hokje te gaan. Misschien was de groep haar wel aan het opwachten en was ze nog steeds niet veilig. En Randy dan? Hij bleef natuurlijk niet eeuwig op haar wachten. Ze wilde dolgraag mee naar zijn huis, maar ze kon nu toch niet zomaar weg? Ze merkte dat haar hartslag weer zijn normale tempo had gekregen. Ze stond op en spoelde de wc door, maar wachtte toch nog met het openen van haar wc-hokje. Wat als ze terugkwamen terwijl zij haar handen stond te wassen? Wat moest ze nou doen? Nog even aarzelde ze. Daarna deed ze toch voorzichtig het hokje open en waste haar handen. Daarna liep ze naar de deur. Deze deed ze niet meteen open: even luisterde ze of er geluiden te horen waren. De stem van Jeroen kon ze haast dromen, dus die herkende ze wel. Toch hoorde ze helemaal niets. Zou ze de stap wagen? Zou Randy er nog zijn? Ze moest het weten.

Langzaam deed ze de deur open, stapte naar buiten en keek de gang in. Er waren wel wat leerlingen uit andere klassen, maar verder zag ze niemand. Snel liep ze naar de kluisjes. Tot haar grote verbazing stond Randy er nog steeds.

"Dat duurde lang," zei hij.

"Sorry."

Hij keek haar onderzoekend aan. "Je ziet lijkbleek. Voel je je wel goed?"

"Ja hoor. Er is niks."

"Zeker weten?"

Ze slikte. "Ja," zei ze. "Laten we maar gaan."

Ze liepen naar de fietsenstalling. Diane verwachtte een lekke band te treffen, maar er was niets met haar fiets gedaan. Dat viel haar mee.

Op de fiets praatte Randy honderduit over school. Diane hoorde amper wat hij zei. Ze dacht aan het voorval net. Wat was ze bang geweest! Dit was allang niet grappig meer, maar ze kreeg het gevoel alsof het allemaal alleen maar erger werd.

Bij een rood stoplicht raakte Randy haar arm aan. "Weet je wel zeker dat het gaat?"

Door haar jas heen voelde ze zijn warmte. Hij keek haar aan en ze smolt van zijn prachtige ogen. Ze kon niet meer liegen. "Nee," zei ze. "Jeroen, Sally en Iris waren net in het toilet."

"Hebben ze je pijn gedaan?"

"Nee…" Ze aarzelde. "Jawel, maar ze hebben me niet aangeraakt."

"Wat is er dan gebeurd?"

Het stoplicht sprong op groen, maar Diane en Randy bleven staan. Diane zuchtte diep. Ze wilde het best vertellen, maar ze wist niet hoe ze het moest uitleggen. Ze wist niet eens hoe het kon.

Een paar jongens kwamen hen voorbijfietsen. "Het is groen hoor," verweet één hen.

"Zullen we anders ergens heen gaan? Iets drinken? Ik trakteer wel."

Diane bloosde. "Leuk," zei ze. "We kunnen ook naar de ijssalon gaan. Dat is alleen geen drinken."

"IJs is ook prima, toch?"

Ze stemde in en loodste hem naar de ijssalon. Het was een populaire plek in het dorp en zelfs in de wintermaanden kwamen er nog best veel mensen. Ook nu was het best druk, maar er was nog een plekje over waar ze konden zitten. Het was een gezellige plek en ze begreep nu pas waarom het hier zo geliefd was in het dorp. Ze voelde zich meer ontspannen nu ze hier was.

"Zullen we een ijscoupe bestellen?"

"Lekker."

Ze kozen voor een coupe met vruchten en twee verschillende soorten ijs. Het was een flinke hap. "Wat is er nou gebeurd?"

Diane vertelde wat ze had meegemaakt. Ze zei niets over het maandverband, dat vond ze te gênant. Randy luisterde aandachtig en onderbrak haar niet. Toen ze haar verhaal had verteld zag ze dat haar ijs al gedeeltelijk was gesmolten. Snel nam ze een hap.

"Dit kan echt niet zo blijven doorgaan," zei Randy. "Er moet iets worden gedaan."

"Je weet dat ik al meerdere keren naar de directeur ben geweest," zei Diane. "Mijn ouders ook. Het heeft geen zin."

"Is er dan echt niets wat je kunt doen?"

"Ik weet het niet," zei Diane met trillende stem. Ze voelde de tranen branden in haar ogen, maar ze wilde niet huilen. Niet waar Randy bij was.

"Ben je bang voor ze?"

"Doodsbang."

"Dat moet je niet zijn." Hij pakte haar hand vast. "Niet iedereen haat je, onthoud dat goed."

Hij keek haar doordringend aan en blozend ontweek ze zijn blik. "Dank je."

"Wil je dat ik eens met ze praat?" vroeg hij.

"Ik ben bang dat het weinig zin heeft," zei ze. "En ik wil niet dat ze jou gaan pesten."

"Je hoeft je helemaal geen zorgen om mij te maken," zei Randy. Hij glimlachte. "Het is belangrijker dat het goed met je gaat."

Ze vond het lief van hem en ze wilde dat ook zeggen, maar ze kon het niet. Daarom nam ze nog maar een hap van haar ijs.

"Wil je nog wat hulp met Engels?" vroeg Randy nu. "Ik kan je hier ook wel helpen."

Ze knikte en pakte haar boek. Samen bekeken ze de onregelmatige werkwoorden en hij hielp haar met het vinden van handige ezelsbruggetjes. Ze begreep nu dat ze vooral moest blijven stampen tot ze de werkwoorden onder de knie had en hij wilde haar best overhoren, zei hij.

Ze voelde zich al een stuk beter. Al dwaalden haar gedachten toch telkens naar de gebeurtenis. Ze keek ook al erg op tegen de volgende schooldag. Wat zouden ze dan gaan doen? Ze was bang en baalde ervan dat ze niet eens echt kon ontspannen. Wat wilde ze graag ontspannen nu ze samen met Randy was. Waarom voelde ze zich toch zo ongemakkelijk? Ze wist toch dat hij haar niet beoordeelde op de manier zoals de rest in de klas wel deed?

## 20. Vijftien jaar geleden

*17 april*

"Diane?" Haar moeder kwam de slaapkamer in. "Ik moet je iets belangrijks vertellen."

Diane keek op van haar huiswerk. Haar moeder stoorde haar bijna nooit als ze op haar slaapkamer was. "Wat is er?" vroeg ze.

"Je vader heeft een aanbieding gekregen van het werk," zei ze. "Hij kan in het filiaal in Amsterdam gaan werken en we moeten dus gaan verhuizen."

Diane keek verbaasd op. Dit had ze totaal niet zien aankomen.

"Je vader en ik hebben er lang over gepraat. Het lijkt ons een goede beslissing. Een nieuwe start voor je."

Een nieuwe start? Ze begreep wel wat haar moeder bedoelde. De pesterijen waren er nog steeds. Diane kreeg steeds vaker huilbuien thuis en haar cijfers daalden. Misschien was het wel goed voor haar om naar een hele nieuwe school te gaan, andere mensen te leren kennen die haar misschien wel aardig vonden.

"We vertrekken volgende maand al," zei haar moeder. "En we hebben ook een school gevonden waar jullie terecht kunnen. We kunnen er binnenkort een kijkje nemen."

Moest ze halverwege het schooljaar weg? Het jaar was al een heel eind voorbij en ze wilde ergens toch wel het eerste jaar afmaken.

"Ik begrijp dat het rauw op je dak komt vallen," zei ze. "Het zal voor jou, en voor Ilona, niet gemakkelijk zijn. Maar het is wel een kans voor je vader die hij moet nemen. We hebben zelfs al een huis gevonden."

Diane zweeg. Ze wist niet goed wat ze hiervan moest vinden. Ja, het zou fijn zijn om van haar huidige klasgenoten af te zijn. Ze zou Jeroen, Jesse, Sally, Iris en Ellen totaal niet missen. Maar hoe wist ze of haar nieuwe klas beter zou zijn? Misschien zou ze nog meer gepest worden. Misschien was er op een nieuwe school geen Randy...

Randy. Ze keek geschrokken op. Hem zou ze wél gaan missen. Ze ging bijna elke week met hem naar de ijssalon en ze vond het alsmaar fijner om bij hem in de buurt te zijn. Hij accepteerde haar, ook met haar scheve tanden. Hij schold haar nooit uit, hij was er voor haar.

"Wat is er?" vroeg haar moeder. "Ik had gedacht dat je het fijn zou vinden om opnieuw te beginnen."

"Op zich wel," gaf Diane toe.

"Maar?" haar moeder keek haar vragend aan.

"Wat moet ik Randy zeggen?"

Het was een tijdje stil. "Je bent verliefd op hem, of niet?"

Diane kleurde rood. Ze keek snel de andere kant op. "Nee, we zijn hele goede vrienden."

"Hij is leuk en erg aardig, dus ik begrijp het best," zei haar moeder. "Je kunt toch contact met hem blijven houden en in de weekenden naar elkaar toe." Diane haalde diep adem. "Weet Ilona het al?" Haar zus moest ook haar vrienden gedag zeggen.

"Ja, ze heeft het er moeilijk mee, maar ze is ook erg nieuwsgierig naar de nieuwe school."

Verhuizen... Diane vond het moeilijk zich voor te stellen. Ze was bang. Hoe vreselijk ze het ook vond hier, het kon ergens anders altijd erger zijn. Ze had geen idee wat ze van Amsterdam kon verwachten. Was dit wel zo verstandig?

*18 april*

Diane zat met Randy in de ijssalon. De laatste tijd zaten ze meerdere keren per week in de ijssalon, vaak met huiswerk. Nu was het anders. Ze had zich de hele ochtend en middag voorbereid op dit gesprek, maar ze wist nog steeds niet hoe ze moest beginnen. Het leek erop alsof hij in de gaten had dat er iets aan de hand was. Toch vroeg hij nergens naar. Wel keek hij haar af en toe vragend aan.

Diane beet op haar lip. Het moest er toch echt uit en als ze zou wachten tot ze echt ging verhuizen, nam hij haar dat vast niet in dank af. "Ik heb gisteren te horen gekregen van mijn ouders dat we gaan verhuizen."

"Verhuizen? Waar gaan jullie heen?"

"Amsterdam." Ze slikte. Het klonk alsof het aan de andere kant van de wereld was.

"Gaaf," was zijn reactie echter. "Grote steden zijn leuk. Heel anders dan een dorp."

Diane glimlachte. Amsterdam was vergeleken met Los Angeles zelfs een dorp. "Mis je de grote stad?"

Hij schudde zijn hoofd. "Hier in het dorp is het allemaal veel persoonlijker. Mensen begroeten elkaar en kennen je naam in de winkel. In een grote stad is het heel anders."

"En Amerika? Mis je dat?"

Nu knikte hij. "Heel erg," zei hij. "Ik ben er opgegroeid en ik mis mijn vrienden. Ik mis de zon en het surfen."

"Ik ga het hier ook missen," zei ze. "Ook al haat ik het hier ook."

"Zo ver weg is Amsterdam toch niet? Het is misschien een uur, anderhalf uur rijden. Dat is best te doen. Zelfs met de trein is het te doen."

Diane grijnsde. Hij was natuurlijk nog steeds de afstanden in Amerika gewend. Dan was het inderdaad maar een klein stukje. Voor haar gevoel was het echter erg ver weg.

"Ik vind het wel jammer dat je weggaat," zei hij. "Wanneer vertrekken jullie?"

"Volgende maand al," antwoordde ze. "Ik kan het schooljaar niet eens afmaken."

"Misschien is het wel goed voor je," zei hij. "Je voelt je hier niet op je gemak. Ik denk dat de grote stad beter voor je is, omdat je daar wat anoniemer bent."

"Mijn moeder zei ook al dat het een nieuwe start voor me kan zijn," zei ze.

"Ik ben het met haar eens."

Ze zwegen. Diane keek om zich heen. De ijssalon zou ze ook gaan missen. De afgelopen tijd was het echt hun plekje geworden. Ze probeerde de brok in haar keel weg te slikken en wreef in haar ogen. Ze wilde niet huilen. Ze moest sterk blijven. "Ik ga je wel missen," zei ze zachtjes. Haar stem klonk schor. Ze vocht hard tegen de tranen, maar het lukte niet. Snel draaide ze haar gezicht weg, zodat hij de traan niet over haar wang zag rollen.

Hij zag het toch. "Diane toch," zei hij. Hij stond op en sloeg zijn armen om haar heen.

Nog nooit eerder had ze het gevoel gehad zo dichtbij hem te zijn. Ze kon hem ruiken, wat rook hij lekker. Dit moest ze gaan missen, dat wilde ze helemaal niet. Een tweede traan volgde, en een derde.

Hij haalde zijn hand door haar haren. "Rustig maar," suste hij.

"Ik ben bang," zei ze.

"Je hoeft me niet te missen," zei hij. "We kunnen bellen. En ik wil Amsterdam ook best eens zien."

Wat was hij toch ontzettend lief. Ze was ervan overtuigd dat hij meende wat hij zei. Even twijfelde ze of ze moest zeggen wat ze voelde, maar ze deed het niet. Ze wilde hem niet kwijtraken; hij zag haar vast alleen als een goede vriendin. Het was beter het te houden zoals het nu was. Ze had geen zin in een teleurstelling.

"Weet je wat?" vroeg hij. "Ik zal je helpen met het inpakken van je spullen. Dan hoef je dat niet alleen te doen, net zo gezellig."

"Bedankt," zei ze. Ze was erg blij met zijn aanbod en ze voelde zich al een stuk beter dan ze had gedaan.

*16 mei*

Het was erg vreemd om het lege huis te zien. Diane maakte nog een rondje om alle kamers een laatste keer te bekijken en Randy liep met haar mee.

"Mijn kamer," fluisterde Diane. Het was de laatste keer dat ze hier zou komen en het was een raar idee. De slaapkamer in Amsterdam zou groter zijn, maar toch was dit altijd haar plekje geweest. Jarenlang had ze hier geslapen.

"Ik weet hoe het voelt," zei Randy en hij legde zijn hand op haar schouder.

Ze voelde zich warm worden van binnen toen ze zijn aanraking voelde. "Jij moest zelfs naar een heel ander land. Dat was vast heel moeilijk voor je."

"Jawel, maar ik stond er wel open voor," antwoordde hij. "Dat moet jij ook doen."

"Ik weet niet of ik dat kan," zuchtte ze.

"Natuurlijk wel!"

Diane liep de slaapkamer in en ging op de plek staan waar haar bed altijd had gestaan. Ze voelde zich vreemd. Randy zei niets en dat vond ze prettig. Hij liet haar dit moment beleven op haar manier.

"Laten we maar naar beneden gaan," zei ze na een tijdje. "Hoe langer ik hier blijf staan, hoe moeilijker het wordt."

Hij knikte en volgde haar de trap af. Ilona stond in de woonkamer met een paar vriendinnen. Ze had de tranen in haar ogen staan en had het zichtbaar moeilijk. Diane vond het ergens ook wel vreemd om te zien: Ilona was hier met meerdere vriendinnen en Randy was alleen voor haar gekomen. Verder was er niemand. Zelfs op school was er amper een reactie gekomen toen bekend werd dat ze weg ging. Al had ze dat ook niet echt verwacht.

"Zijn jullie er klaar voor?" vroeg hun moeder.

Diane knikte. Eigenlijk niet, maar ze wilde niet nog langer wachten. Het was allemaal al zo moeilijk. Ze zag dat Ilona een knuffel kreeg van haar vriendinnen en daarna voelde ze de armen van Randy om haar heen. "Bel me," zei hij. "Ik weet niet welk telefoonnummer jullie daar hebben."

"Dat doe ik," beloofde ze.

Ze liepen naar buiten. Diane stapte in de auto en haalde diep adem. Ilona kwam naast haar zitten. Hun vader startte de motor en reed weg. Diane zwaaide nog eens naar Randy en keek naar het huis, dat steeds kleiner werd.

Verhuizen. Ze had het er de laatste tijd veel over gehad met Randy, haar ouders en Ilona. Ze ging naar Amsterdam: een stad waar niemand haar kende en waar ze inderdaad opnieuw kon beginnen. Ze hoopte maar dat ze beter behandeld werd op haar nieuwe school en dat ze de gebeurtenissen hier snel kon vergeten.

"Op naar een nieuwe toekomst," zei haar vader opgewekt.

"Ja," zei ze zacht.

Ilona glimlachte naar haar. "Het komt allemaal goed," zei ze. "Heb er vertrouwen in."

"Ik hoop dat je gelijk hebt," antwoordde Diane. Ze keek naar buiten. Ze reden het dorp uit en hoewel het erg onwennig voelde, was ze ook blij. Eindelijk verlost van Jeroen, Jesse, Sally, Iris en Ellen.

# 21.

Diane wist niet goed wat ze moest denken toen ze naar Jesse's huis ging. Hij had haar een sms gestuurd om te laten weten dat hij iets had geregeld. Maar wat? Ze had er al een paar dagen aan gedacht, terwijl ze bezig was geweest met haar schilderij. Het schilderij was af en op de hotelkamer had ze nog wat details toegevoegd om het geheel levendiger te maken. De boom leek realistisch en ook had ze haar gevoelens in het doek weten te verwerken. Ze was tevreden met het eindresultaat.

Het leek bijna een gewoonte te worden dat Diane enthousiast werd begroet door Ice. Ze begon de hond steeds leuker te vinden.

"Hoi," begroette Jesse haar. "Ik ben blij dat je gekomen bent."

"Ik ben heel benieuwd wat je te vertellen hebt," zei Diane. Ze liep naar binnen en ging op de bank zitten.

"Ik heb een afspraak gemaakt bij onze oude school," zei hij. "We mogen vandaag langskomen."

Diane slikte. "Ik ben er zelf ook al geweest," zei ze. "Ik verwacht niet dat het zin heeft."

Hij glimlachte alleen maar. "Ik heb iets bedacht, waardoor je echt vrede kunt krijgen met je verleden."

Ze keek hem nieuwsgierig aan. "Wat dan?"

"We gaan vanmiddag kijken of er een mogelijkheid is een lezing op de school te geven," zei hij. "Je kunt dan vertellen hoe erg pesten is en hoe belangrijk het is dat er iets wordt gedaan. En ik kan de situatie vanuit mijn oogpunt vertellen en zeggen hoe lang ik me schuldig heb gevoeld."

Ze aarzelde. "Ik weet niet of dit wel zo verstandig is," zei ze. "Ik weet niet eens of ik dat wel durf."

Jesse was een tijdje stil. "Ik had het denk ik eerst met je moeten overleggen," zei hij. "Stom, dat ik dat niet heb gedaan."

"Het geeft niet," zei ze. "Ik had alleen niet verwacht dat je dit van plan was. Het komt nogal rauw op mijn dak vallen."

"Dat begrijp ik," zei hij. "Als je het liever niet wilt, dan kan ik onze afspraak afbellen."

"Is die lezing vandaag?"

Hij schudde zijn hoofd. "Alleen een gesprek om het te regelen. Ik wilde je niet zomaar in het diepe gooien." Diane moest goed nadenken. "Ik begrijp niet goed waarom dit me kan helpen," zei ze daarna.

"Tijdens een lezing kun je leerlingen van nu bereiken en ze laten inzien wat het gevaar van pesten is," zei hij. "Het zou toch fantastisch zijn als iemand iets met ons verhaal kan?"

Ze knikte. Hij had gelijk. Ze wist dat haar verleden niet meer veranderd kon worden, maar ze kon anderen die nu in de problemen zaten, helpen. Al was er maar één iemand die iets aan haar verhaal had, dan had ze toch iets bereikt. "Het lijkt me doodeng," zei ze eerlijk. "Ik vind het al vervelend om een praatje te houden tijdens een expositie."

'Juist daarom is het waarschijnlijk goed voor je."

Ze vond het moeilijk, maar wist dat hij waarschijnlijk een goede stap had gemaakt door een afspraak te maken bij John Havens. Misschien kon ze nu zelfs laten zien dat ze werkelijk gepest werd en dat ze zich niet had aangesteld of de boel had overdreven. Jesse was er immers ook bij. "Goed," besloot ze. Als ze te lang zou twijfelen, krabbelde ze misschien terug.

"We moeten er over een half uur zijn," zei hij. "Zullen we lopend gaan? Dat redden we wel."

Diane vond het een goed idee. Het was lekker weer en zo ver was het nou ook weer niet. Ze aaide Ice nog even voordat ze weg ging. Het verbaasde haar nog steeds hoe goed ze de weg hier nog kende, ondanks dat ze er jaren niet was geweest.

Ze waren een tijdje stil, tot Jesse vroeg: "Ben je op andere scholen ook gepest?"

Diane schudde haar hoofd. "Tot mijn grote verbazing niet," zei ze. "Ik raakte meteen bevriend met Kimberly. We zijn nog steeds hele goede vriendinnen."

"Heb je haar verteld wat je hebt meegemaakt?"

"Nee. Ik kon het niet," antwoordde ze. "En ik wilde het achter me laten. Misschien overdreef ik daarin. Ik heb Randy nooit meer gebeld, ondanks dat ik dat beloofde."

"Uit het oog, uit het hart, zeggen ze wel eens," zei Jesse.

"Ik laat dat niet nog een keer gebeuren," zei ze. "Ik heb Randy beloofd contact te houden. Nu gaat dat trouwens ook veel makkelijker, met het internet."

"Vind je het niet moeilijk om contact met hem te blijven houden?" vroeg hij. "Je was verliefd op hem en nu is hij getrouwd."

"Ik gun hem zijn geluk," zei ze. "Ik vond het in eerste instantie heel naar om te horen, maar het was te verwachten. Ik heb hem vijftien jaar niet gezien."

"Je bent gegroeid," zei hij. "In die korte tijd dat je hier bent geweest, heb ik je zien groeien. Ik vind dat leuk om te zien."

Ze vond het fijn om dat te horen. Zelf merkte ze ook een groot verschil in de manier hoe ze dacht. Zou ze twee weken geleden

Jesse zomaar hebben vertrouwd en mee zijn gegaan naar haar oude school? Waarschijnlijk niet. Nu zag ze echter in dat hij het echt goed bedoelde en haar graag wilde helpen. Hij was in de afgelopen vijftien jaar erg veranderd. Het was fijn om dat te zien. Ondanks dat Diane de veranderingen ook opmerkte, voelde het opnieuw vreemd om de school in te lopen. Ze meldden zich bij de conciërge en werden niet veel later door John Havens opgehaald. Opnieuw zat ze in het kantoor van haar oude directeur en ze vroeg zich af of ze nu serieuzer genomen zou worden. "Diane Gemert en Jesse Eggen," zei hij. "Jullie wilden me iets voorstellen?"

Diane keek Jesse vragend aan. Zou hij het woord nemen of moest ze zelf iets zeggen? Hij knikte even en ze begreep dat hij wilde dat zij het woord nam. Dat zou goed voor haar zijn. "De vorige keer dat ik hier was vroeg ik of u me kon helpen aan de adresgegevens van mijn oude klasgenoten."

De directeur knikte. "Ik zie dat dit is gelukt, aangezien Jesse er nu ook is."

"Inderdaad," zei ze. "Ik heb ze allemaal weer gezien. Het was voor mij belangrijk, omdat ik mijn verleden wilde afsluiten."

"Toch denk ik dat je door had moeten gaan met je leven," meende de man. "Het was vervelend, maar het heeft geen zin om jaren later nog steeds bang te zijn."

"Dat is makkelijker gezegd dan gedaan," zei ze. "Wanneer je in je puberteit zo wordt beoordeeld, dan neem je dat mee. Ik ben altijd bang geweest dat mensen me zouden laten vallen, of grappen over me zouden maken. Het heeft veel problemen opgeleverd."

"Toch ben je best succesvol nu."

"Klopt." Diane haalde diep adem. "Ik wil er geen welles-nietes spelletje van maken. Ik ben hier vooral omdat ik andere leerlingen wil helpen. Jesse kwam met het idee, dus misschien kan hij het beter uitleggen."

Jesse nam het woord over en vertelde de directeur wat hij haar ook had gezegd. Hij opperde het voorstel voor een lezing op de school, zodat leerlingen konden zien wat voor een effect pesten kon hebben. Hij legde uit hoe hij het voor ogen had. Tot Diane's verbazing luisterde John Havens en knikte hij af en toe. Soms stelde hij een vraag.

Toen Jesse zijn verhaal had verteld, keek hij afwachtend naar de man tegenover zich.

"Ik denk dat zo'n lezing zeker een goed idee kan zijn," zei meneer Havens na een korte stilte. "Ik denk alleen dat weinig pesters zich hier iets van aan zullen trekken."

"Daar ga ik ook niet vanuit," zei Jesse. "Toch kan het helpen. Misschien bij één iemand. En leerlingen die gepest worden, kunnen wat in Diane's verhaal herkennen. Ze zien dan dat ze niet de enige zijn. Ik denk dat dit al heel veel scheelt."

"We kunnen het best proberen," zei de directeur nu. "Ik stel voor om een lezing te houden voor alle brugklassers. Dit kan in de kantine worden gedaan. Voorlopig is hier echter geen tijd voor. Wat dachten jullie ervan als we dit over twee maanden doen?"

Diane vond het een prima voorstel. Ze vond het ergens jammer dat de lezing alleen voor de kinderen in de brugklas was. Aan de andere kant zouden dat al veel leerlingen zijn die haar aanstaarden terwijl ze haar verhaal deed. Dat was al erg eng.

"Twee maanden is goed," zei Jesse. "We hebben dan ook de tijd om alles goed voor te bereiden."

Er werden agenda's gepakt en een datum geprikt. Ze spraken door wat er zoal moest gebeuren en wat ze nog moesten regelen. Na afloop liepen ze terug naar Jesse's huis. Er werd weinig gezegd en dat was ook niet echt nodig. Diane was diep in gedachten. Ze dacht aan de lezing. Het was een enorm grote stap voor haar om een lezing te gaan geven. Toch had ze er gek genoeg vertrouwen in dat het helemaal goed zou komen. Het was het laatste stukje dat ze moest afsluiten.

Ze liep het hotel in. Ze had nog een tijdje bij Jesse gezeten. Ze hadden over koetjes en kalfjes gepraat. Ze mocht hem. Hij had een andere kijk op het leven dan ze gewend was. Waarschijnlijk door de dingen die hij had meegemaakt. Het was ergens vreemd om toe te geven dat ze hem erg aardig vond, ondanks alles wat hij haar vroeger had aangedaan.

Sally zat bij de receptie en keek haar boos aan. Diane glimlachte naar haar. Daarmee probeerde ze te zeggen: 'Het is goed, ik heb het je vergeven.' Ze wilde zich niet langer druk maken om de dingen die haar oude klasgenoten hadden gedaan. Daar had John Havens wel gelijk in: ze moest verder gaan met haar leven, genieten van de dingen die ze nu deed en niet te lang stilstaan bij het verleden.

Op de hotelkamer pakte ze haar mobiele telefoon. Er werd al snel opgenomen. "Met Ilona. Hoe gaat het daar nu?"

'Heel erg goed. En er is ontzettend veel dat ik je moet vertellen," antwoordde Diane. Ze kon eindelijk een gedeelte van haar leven afsluiten en daar was ze maar wat blij om.

# Epiloog

Diane voelde zich euforisch. Samen met Jesse had ze net de lezing op haar oude school gehad. Het was een machtig gevoel geweest. Bijna alle leerlingen luisterden echt naar hun verhaal en aan het einde van de les was er zelfs nog ruimte voor een aantal vragen. Tot Diane's grote verbazing werden er ook echt vragen gesteld. Sommige kinderen vroegen zich af of bepaalde grapjes ook bij pesten hoorden, anderen vroegen juist specifiek naar het verleden van Diane en Jesse.

"Je hebt het heel goed gedaan," zei Jesse. "Was je erg nerveus?"

"In het begin wel, maar daarna ging het steeds makkelijk."

"Ik merkte het," zei hij. "Hoe voelt het nu? Heb je het kunnen afsluiten?"

Ze knikte. "Ik denk dat dit een hele goede stap is geweest. Dank je. Zonder jou had ik hier nooit gestaan."

John Havens kwam naar hen toe. "Goed gedaan," prees hij. "Ik geloof dat ik zelfs nu pas door heb wat er is gebeurd vroeger. Ik zal proberen beter te handelen in de toekomst."

Dat deed Diane goed. Ze moest even denken aan de woorden van Jesse. Als ze al één iemand konden helpen, dan hadden ze al iets bereikt. Nu de directeur deze belofte deed, wist ze zeker dat ze iemand kon helpen.

Ze bleven nog een tijdje doorpraten over de succesvolle lezing. Ook vertelde Diane over de afgelopen maanden. Ze had Kimberly verteld wat er was gebeurd; haar vriendin had geschokt gereageerd. Ilona en haar ouders wisten ondertussen alles van het bezoek aan het dorp en waren trots op haar.

"Wat denk je ervan?" vroeg Jesse. "Zou je het leuk vinden om een keer uit eten te gaan? In Amsterdam misschien?"

"Dat lijkt me erg leuk," zei ze.

"Zal ik over een paar weken langskomen? Je weet vast wel een leuk restaurant."

Diane glimlachte. "Ja, dat komt wel goed." Ze wist meerdere plekken waar ze heen konden gaan.

"Leuk. Ik kijk nu al uit naar onze eerste, echte date," antwoordde hij.

Ze keek geschrokken op. "Date?"

Hij knikte. "Of wil je dat liever niet?"

Diane keek hem een tijdje aan. Hij was erg veranderd, dat was haar al vaker opgevallen. Een date, dat had ze niet helemaal zien aankomen. Wilde ze dat wel? Ze had er nog niet eerder op deze manier over nagedacht. Wel moest ze toegeven dat ze hem heel erg dankbaar was. Als hij haar vroeger niet had gepest, was ze waarschijnlijk meteen verliefd op hem geworden. Nu had ze zich echter niet bezig gehouden met dat soort zaken, maar meer met haar herinneringen van vroeger. Hij had nu wel iets en ze wilde hem echt een kans geven. Maar wat als het mis ging? Ze haalde diep adem en zei: "Jawel, dat zie ik wel zitten."

Niet geschoten was altijd mis, toch? En ze voelde zich erg positief. Wie had dat ooit gedacht? Zij op een date met een jongen waar ze vroeger een enorme hekel aan had. En toch... het voelde goed. Ze zou wel zien waar het schip strandde: een vriendschap was er sowieso al en daar was ze ontzettend blij mee.

Ze besefte dat dit de eerste keer in haar leven was dat ze zo over een date en een leuke man dacht. Dat moest toch iets betekenen? Ze besloot het een kans te geven, ze was er klaar voor.